AF177516

Rowohlt Verlag GmbH, Kirchenallee 19, 20099 Hamburg

Kontaktadresse nach EU-Produktsicherheitsverordnung:
produktsicherheit@rowohlt.de

Thomas Melle, 1975 in Bonn geboren, studierte Verglei-
chende Literaturwissenschaft und Philosophie in Tübin-
gen, Austin (Texas) und Berlin. Er ist Autor vielgespielter
Theaterstücke und übersetzte u. a. William T. Vollmanns
Roman «Huren für Gloria».

Für seinen Erzählungsband «Raumforderung» (2007)
erhielt Thomas Melle den Förderpreis zum Bremer Li-
teraturpreis. Sein Debütroman «Sickster» (2011) war für
den Deutschen Buchpreis nominiert und wurde mit dem
Franz-Hessel-Preis geehrt. «3000 Euro» stand auf der
Shortlist des Deutschen Buchpreises und wurde mit dem
Kunstpreis Berlin 2015 ausgezeichnet. Thomas Melle lebt
in Berlin.

THOMAS MELLE

3000 EURO

Roman

Rowohlt Taschenbuch Verlag

3. Auflage März 2022
Veröffentlicht im Rowohlt Taschenbuch Verlag,
Reinbek bei Hamburg, Februar 2016
Copyright © 2014 by Rowohlt · Berlin Verlag GmbH, Berlin
Umschlaggestaltung any.way, Hamburg, nach einem Entwurf von
ANZINGER | WÜSCHNER | RASP, München
Satz aus der Documenta PostScript bei CPI books GmbH, Leck
Druck und Bindung BoD - Books on Demand GmbH,
Norderstedt, Germany
ISBN 978 3 499 26842 7

you can't fire me
because I quit

ERSTES KAPITEL

Da ist ein Mensch drin, auch wenn es nicht so scheint. Unter den Flicken und Fetzen bewegt sich nichts. Die Passanten gehen an dem Haufen vorbei, als wäre er nicht da. Jeder sieht ihn, aber die Blicke wandern sofort weiter. Zwei Flaschen stehen neben dem Haufen, trübe und abgegriffen. Die Sonne knallt herunter. Es riecht streng, nach Urin, nach Säure und frühem Alter.

Anton träumt einen dünnen Traum, in ihm sind alle Arschlöcher weg. Jana betritt sein Zimmer, oder ist es eine industrielle Höhle; Anton muss eine Maschine bedienen, die etwas stanzt, Geldscheine aus Blech, vielleicht. Jana, sein Jugendschwarm, hockt sich zu ihm nieder und lächelt mit großen Augen. Ihr Hemd steht offen, halb sind die Brüste sichtbar. Anton nickt. Jana legt sich zu ihm, sie reden. Noch berühren sie sich nicht.

Wenn Anton träumt in diesen Wochen, dann von den alten Zeiten, die es so nie gab. Alternative Versionen seiner Jugend: Das Personal ist zwar dasselbe, aber die Ereignisse sind komplett irreal. Er schläft mit den Mädchen, die er nie haben konnte, er rettet die Freunde, die nicht mehr Teil seines Lebens sind, er feiert die Erfolge, die er nie hatte. Treibgut aus der Zeit, als noch alles möglich schien.

Der Haufen rührt sich. Die Passanten gehen weiter dran vorbei, machen teils einen größeren Bogen. Anton merkt, dass er aufwacht, gegen seinen Willen. Die Traumbilder werden durchsichtig, lösen sich auf. Jana ist weg, bevor er sie berühren konnte, die Maschine ist auch weg. Der Traumkanal schließt sich. Anton ärgert sich. Der Schlaf ist alles, was er noch hat. Er hält die Augen geschlossen, Schweiß läuft ihm die Wange hinunter. Noch nicht, denkt er, noch nicht, und versucht, den Schlaf zu verlängern.

Das ist eine Disziplin, in der Anton es zu einer Art Meisterschaft gebracht hat: den Schlaf verlängern, das Dämmern ausdehnen, den Traum stauchen und modulieren. Die Konsistenz des Schlafes willentlich verändern, das Bewusstsein verdünnen: Man ist da, aber unscharf, ganz tief unten, als tierische Präsenz, kein Gewahrwerden, nur Schemen um eine unbewusste Mitte. Wo normalerweise ein alarmierender Gedanke den Schlafenden zurück in die Realität reißt, kann Anton das Konkrete verwischen und im Ungenauen, Schläfrigen verweilen, die Schlafreste ausschöpfen. Mittlerweile fällt es ihm jedoch schwerer und schwerer.

Ein Sonnenstrahl trifft sein Gesicht, stichelt darin herum, die Augen erwachen und sehen durch die Lider rot. Das war's. Er öffnet die Augen und orientiert sich, Bushaltestelle, Rucksack, Supermarkt, hier die Ecke, die nachts noch so gemütlich schien. Erster Müll um ihn herum. Sein Leben schießt ihm wieder in den Kopf, stimmt, so sieht das aus hier, so ist, was wurde. Er erinnert sich an seinen Entschluss, seinen Plan für die nächsten Tage, vor dem Gerichtstermin. Und er erinnert sich an die dreitausend Euro. Zunächst aber will er auf und weg von hier, wo er argwöhnisch beäugt wird, wohl den ganzen Morgen schon. Aufstehen, aufräumen, losgehen. Es ist ja wohl kaum so, dass er kein Zuhause hat! Denkt das nicht, Leute! Sein Zuhause, auch wenn er es nie so nennen würde, ist das Übergangsheim im Westen der

Stadt. Dort sind sein Bett, sein Schrank, sein Tisch, o ja. Er hat sich am Abend einfach hier hingelegt, und aus der kurzen Verschnaufpause wurde eine Nacht im Freien. Warum auch nicht. Einübungen in die Zukunft, Vorwegnahmen des Unausweichlichen. Oder nur ein Witz, denkt Anton, ein Witz wie alles. Er steht auf, macht eine Verbeugung, grüßt ins Ungewisse und geht.

*

Die Uhr ist ständig eingeblendet in einem kleinen Sonnensymbol, und darin rattern die Minuten weg, viel zu kurz und schnell wieder. Die Moderatoren grinsen in den Morgen hinein und scherzen. Denise mag sie sehr. Sie wäre gerne so fröhlich wie sie, und so blond. Aber sie ist, wie sie ist. Dann dröhnt ein Jingle, dass die kleinen Boxen scheppern, dann kommt ein Beitrag über die nächste Mode. Denise sucht Lindas blaue Regenjacke und findet sie nicht, nicht im Schrank, nicht im Wäschehaufen, nicht auf der Anrichte, nicht in der Küche, wo die Spuren vom Frühstück noch auf Tisch und Boden kleben. Eine smarte Frauenstimme spricht von irgendwelchen *Hinguckern*. Denise will eigentlich sehen, was da so sehenswert sein soll, bemerkt aber, dass Linda schon seit Minuten verdächtig still ist. Als sie im Kinderzimmer nachsieht, sitzt ihre Tochter noch immer im Schlafanzug da. «Anziehen, aber schnell», zischt Denise, lässt Linda jedoch keine Zeit für Umständlichkeiten, sondern zwängt sie bereits in die Hose. Linda wehrt sich, will flüchten. Denise atmet schwer. Es kann nicht sein, dass jeden Morgen dasselbe Theater ist. Das kann einfach nicht sein. Linda entwischt ihr, torkelt, den einen Fuß halb im Hosenbein, in Richtung

Schrank, stolpert und schlägt mit dem Kopf gegen das Holz. Sofort schreit sie auf und heult, das Gesicht verfärbt sich zu einer Boje. Denise reißt sich zusammen, geht zu ihrer Tochter und schaut nach, ob es eine Wunde gibt. Nichts, nur verweinte Augen und dieses Kreischen, das ihr die Tochter zum fremden, verhassten Kind macht. Langsam, sagt sie sich, ruhig, sie will kein Monster sein. Linda ist erschöpft und lässt sich ankleiden, nicht ohne gesagt zu haben, dass sie Denise den Tod wünscht. Sie sagt: «Du sollst tot sein.» Doch das sagt sie alle paar Tage. Es heißt nur, dass sie sich ergeben hat.

Vor der Praxis der Ergotherapeutin raucht Denise ihre erste Zigarette. Drinnen klettert ihre Tochter jetzt über Böcke und Würfel, greift nach Turnringen, schwingt ins Leere, während sie sanft gehalten wird. Linda liebt diese Dreiviertelstunde bei der Ergotherapie. Für sie ist es ein morgendlicher Ausflug zu einem geheimen Spielplatz, einem Ort ohne Wettbewerb, ohne andere Kinder, die sie in die Ecke drängen und drangsalieren wollen, voll abgerundetem Spielzeug und mit einer weichen Frau, die nur für sie da ist.

Die erste Zigarette am Tag ist die beste, und Denise genießt den Flash, der sie nach den ersten Zügen durchfährt. Rauchen ist Atmen, bisweilen, wie nach einem langen Sprint. Die Welt in ihrem Kopf fühlt sich kurz weicher an, wie gepolstert, die Gedanken betäubt, die Glieder leicht gelähmt. Denise starrt ins Nichts und doch auf die Straße, wo die Autos kurz verschwimmen. Noch ein Zug, tiefer jetzt. Die Verwaltungsgebäude um sie herum, aus welchem langweiligen Jahrzehnt auch immer, bekommen einen Stich ins Metallene. Der Himmel weitet sich, und für einen Augenblick sieht Denise sie wieder, die Stadt, die sich über alle anderen schiebt, wenn sie es nur will: New York. Ein New York aber, das keiner je sah, das nur sie kennt, mit hoch aufgeschossenen Wolkenkratzern, in denen sich zehn Sonnen spiegeln, die so hellgelb strahlen wie die Taxis, aus denen cremefarbene Models steigen, von denen Denise eines hätte sein können, wenn sie nur gewollt hätte, und zusammen mit ihnen würde sie diese Luxusversion, diesen Traum des Kurfürstendamms bevölkern, wenn Straßen denn träumen könnten, mit Hoteldienern in Livree, die freundlich grüßten und ihre glattschwarzen Zylinder lüfteten, Limousinen, die nicht protzten, sondern wirkten, an jeder Ecke ein Candyman, rotweißblaue Fransen in den Bäumen und Pollen in der Luft, so leicht und süß wie Zuckerwatte. Und ohne einen Laut würde sich der Fahrstuhl hinter ihr schließen, es ginge hoch in das ideale Apartment, so dezent und geschmackvoll, dass Börsenfilme aus den Achtzigern hier spielen könnten, mit einem paranoiden Michael Douglas in der Hauptrolle. Aber hat Michael Douglas nicht Krebs? Oder hat er ihn inzwischen besiegt? Weg ist das Traumbild, die Limousinen sind wieder Rostbeulen, die Bauten Verwaltungsklötze, und Denise ist Denise und hat aufgeraucht.

Nachdem sie Linda im Hort abgegeben hat, checkt sie im Bus einen ihrer drei Facebook-Accounts: den, der mit Badoo verknüpft ist. Fünf neue Nachrichten, zehn neue Freundschaftsanfragen. Sie nimmt alle an. Danach checkt sie ihren Kontostand. Noch immer nichts eingegangen. Auf WhatsApp hat ihr Fred einen vertrockneten Blumenstrauß geschickt, im Gegenlicht auf dem Küchentisch, was poetisch und zugleich vorwurfsvoll sein soll, oder melancholisch, Denise kann es nicht recht verstehen, und Anja hat ihren Sohn mit Burger-

King-Krone und missgelaunter Ketchupschnute abgelichtet, was vermutlich süß sein soll. Denise macht als Antwort ein Bild von sich, findet das dann aber selbstverliebt und sich selbst, wie sie da im grauen Bus sitzt, eh hässlich. Sie löscht es, steht auf und verlässt den Bus.

Und schwitzt. Eigentlich hatte sie das Schwitzen überwunden, durch Autosuggestion und ein mehliges Antitranspirant aus Kalzium und Talk, aber in den letzten Tagen ist es zurückgekommen. Es liegt in der Familie. Ihr Großvater hatte immer so stark geschwitzt, hieß es, dass er sich regelmäßig die verkrusteten Achselhaare stutzen musste. Solche Details bleiben haften, auch wenn sie nur einmal erwähnt werden.

Und jetzt sie, hier an der Kasse, am Förderband. Sie spürt den Schweißfilm auf der Stirn, die Nässe am Rücken. Sie schämt sich dafür. Das ewige Einerlei der Kassentöne und Waren macht sie schon lange nicht mehr schwindlig. Aber die Blicke tun es, neuerdings. Vielleicht bildet sie sich alles auch nur ein? Automatisch schiebt Denise die Waren über den Scanner, es piept und piept und piept, dann die Geldübergabe, gerne auch Eurocard, Kasse auf, Kasse zu, Unterschrift her oder Wechselgeld hin, und heimlich prüfen, ob ihr kein Falschgeld untergejubelt wird.

Sie meidet die Blicke der Kunden, vor allem die der männlichen. Sie triefen vor Geilheit, das weiß sie, und sie haben allen Grund dazu. Nein, sie triefen nicht. Sie sind einfach nur da, streifen ihren Lidschatten, tasten ihren Mund ab, bleiben an ihrem Piercing hängen, verbeißen sich in ihrem Auge, wenn sie nicht schnell genug wegsieht. Sie fahren ihr über Schenkel und Brüste und Bauch und Hals. Normal, würde sie sagen, wenn es nicht diesen Moment gäbe, wo es kurz im Gesicht des anderen zuckt, wo sich vielleicht die Pupillen zusammenziehen, wo irritiert erst weggesehen, dann wieder hingesehen wird. Wer ist das? Kenne ich die nicht? Ich kenne sie. Woher? Doch nicht etwa –? Doch, doch, denkt Denise dann, genau daher, genau daher. Sie hat inzwischen ein kaum merkbares Lächeln als Maske gewählt, wenn die Scham ihr Nadelkissenwellen den Rücken hinunterschickt. Gerade steht wieder einer vor ihr, ein Student vielleicht, mit rasierter Brust und einem T-Shirt mit einer Waschmaschine drauf, und scheint nervös. Ist sie es? Ist sie es nicht? Sein Blick schweift umher, bleibt dezent an ihr hängen, dann sucht er vorauseilend das Geld aus dem Portemonnaie zusammen, rechnet mit der Kasse um die Wette. Nein, entscheidet sie, der hier kennt sie doch nicht. Jedenfalls nicht auf die obszöne Weise. Jedenfalls nicht aus dem Internet. Er kennt sie von hier, von der Kasse, er ist normal, sie ist normal. Die Kasse geht auf, geht zu. Sie muss nicht lächeln. Sie muss gar nichts, nur arbeiten. Sie ist nicht die aus dem Internet, sie ist die aus dem Supermarkt. Nächster.

Spaghetti, Spaghetti, Tomatenmark, Bier und Katzenfutter. Es stellen sich keine Bilder der Wohnungen und Kühlschränke dazu mehr ein, es ist eher wie eine Notenvergabe, ein schnelles Einschätzen des Lebensstandards, was eigentlich verboten ist. Man soll blind sein. Die Kundin hat es ihrerseits auch eilig und würdigt Denise keines Blickes. Sie hat Elefantenhaut im Dekolleté und ein feines Nest aus geplatzten Äderchen an den Nasenflügeln. Aber sie war einmal schön, das strahlt das ganze Leben nach, und sei es in der tragischen Aura des Verlustes. Denise nennt die Endsumme, sie muss an das Wort «Endgegner» denken, an Bushido, und schon hält sie wieder alle Männer, zumal die, die in ihrer Schlange stehen, für aggressive Schweine. Und es stehen wieder ausschließlich Männer in ihrer Schlange. Und ja, ihre Blicke triefen wieder vor Geilheit. Ein Schweißtropfen rinnt ihr über die Schläfe, am Ohr vorbei, sie wischt ihn beiläufig weg. Vor ihr steht ein gut gekleideter Mittfünfziger und sieht nach echtem Wohlstand aus, ungewöhnlich für hier, er hat nur ein paar Gemüsetüten auf das Band gelegt. Sicherlich hat seine Frau ihm das noch für den Nachhauseweg aufgetragen, aber bitte beim Biomarkt, und er hat den nächstbesten Discounter genommen, es wird schon keiner merken. Er sieht sie durchdringend an, vielleicht soll es auch freundlich sein, und kurz ist sich Denise sicher, das ist er, das ist der Mann, der sie heute erkennt, der sich in einsamen Minuten für sie entschieden hat, der sie benutzt, sich an ihr vergangen hat, der ihr stellvertretend für die anderen gleich ein eindeutiges Zeichen geben wird, und sie weiß nicht einmal, ob sie sich dann geschmeichelt oder gedemütigt fühlen soll. Sie weicht seinem Blick aus, landet bei anderen Blicken, Schweine oder Nichtschweine, und stellt den Kopf, so gut es geht, auf Leere, auf Standby um, nur noch Zahlen haben Zutritt. Ihre Hände sollen die Arbeit einfach verrichten, nicht zittern. Es geht.

Hinten am Pfandautomat steht wieder der Typ, der anscheinend Flaschensammler ist, aber so wirkt, als mache er das nur aus Spaß oder als Projekt. Denise kennt sich nicht aus bei Projekten, aber sie weiß, dass die halbe Stadt aus ihnen besteht. Der Typ, den sie «Stanley» nennt, sieht aus wie ein Student, der zu lange freihatte, oder der sich in seinem Projekt, dessen Sinn Denise nie verstehen würde, völlig verloren hat. Er ist einer von denen, die sich immer bei ihr anstellen. Doch bei ihm hat sie keine Paranoia. Sie weiß, dass er sie nur von hier kennt, und selbst wenn nicht, wäre es bei ihm nicht so schlimm. Er hat etwas Sanftes, Fremdes. Gleich ist er dran und wird, das hat sie schon erfasst, mit dem Pfandbon eine der billigen Tiefkühlpizzen kaufen. Keinen Alkohol. Alkohol kauft er nie. Jedenfalls nicht bei ihr.

Als Stanley vor ihr steht und grüßt, kann sie sich zu einem Lächeln durchringen, das sich wirklich wie ein Lächeln anfühlt. Gleichzeitig nimmt sie seinen strengen Geruch wahr, der auf dem Weg zum säuerlichen, dichten Gestank der Obdachlosen ist, aber noch nicht ganz. Sie muss sich schütteln und verbirgt das hinter einem Husten. Freundlich verabschiedet er sich, und sie blickt ihm hinterher. Als er aus der Tür ist, sieht sie ihn als Penner in New York, im Hoodie, vor einer brennenden Tonne, wie im Hip-Hop. Er hat die Kapuze auf und wärmt sich die Hände. Doch furchtbar, er kommt dem Feuer zu nahe und verbrennt im Zeitraffer, wird völlig zu Asche, die wild und in Spiralen nach oben steigt.

«Entschuldigung, ich muss auch nach Hause», sagt eine Frau, und Denise erschrickt und nickt und schüttelt dann den Kopf, während ihre Hände schon wieder am Werk sind.

*

Humpeln die Penner an uns vorbei, berührt uns das unangenehm. Nicht nur ist es eine ästhetische Belästigung, sondern auch ein moralischer Vorwurf. Wieso bitte ist dieser Mensch so tief gesunken, welche Gesellschaft lässt einen derartigen Verfall zu? Das ist schon kein Mensch mehr, das ist ein Ding. Dann geht man weiter, angewidert fast, und verscheucht den Eindruck, lässt das Ding hinter sich zurück. Ein Schicksal, ja, unter vielen, und sicher nicht meins. Man hat Zeitungsgedanken, erinnert sich an Statistiken, auch wenn man sie nicht aufsagen könnte, und doch, kürzlich hat man da doch etwas gelesen, die Zahl der Wohnungslosen hat wieder dramatisch zugenommen, im Osten oder im Westen, oder war es nur in den Großstädten?, und ordnet dieses Menschending irgendeinem abstrakten Gesellschaftskommentar zu. Der Diskurs kümmert sich schon drum. Die Gesellschaft ist im Grunde nicht böse. Und das Gesicht, das einen angeblickt hat, verschwimmt zu comicartiger Versoffenheit, zu einer Karikatur seiner selbst. Weg damit.

Dreitausend Euro sind es. Mehr eigentlich, addiert man alles zusammen, etwa zehntausend insgesamt, aber gerade geht es nur um dreitausend Euro. Dreitausend Euro, denkt Anton, während er durch die U-Bahn wankt, dreitausend Euro, wie viel ist das, wie wenig. Der Gerichtstermin rückt näher, noch zehn Tage. Anton hat sich diese Frist gesetzt. Bis dahin will er – und er denkt den Ausdruck wörtlich und grinst darüber – *klar Schiff* gemacht haben. Das Wort *Deadline* vermeidet er. Draußen ziehen die Gebäude vorbei, die Schulden der anderen. Anton rechnet mit und nickt.

Er singt in Gedanken, *3000 Euro, 3000 Euro*; und ganz leise singt er auch wirklich, ohne sich dessen bewusst zu sein. Die Lippen formen ein paar Verse, die nichts bedeuten und nicht hängenbleiben. Früher hat das Singen ihm geholfen, sich zusammenzuhalten, sich neu zu formieren, und die Schülerband war ein gutes Vehikel zum kurzzeitigen Ausbruch aus der Familie gewesen. Jetzt passiert es nur noch selten, das Singen, und wenn, dann unbewusst. Wie jetzt. Die anderen Passagiere ignorieren sein Singen. Bei ihnen kommt es wohl als Wimmern an.

Supermärkte sind meist rot oder gelb. Rot steht hierbei für höherwertig, gelb für billig. Anton betritt den Supermarkt, natürlich einen gelben. Die Massen an lieblos aufgestapelten Waren sagen ihm nichts. Schon früher hat er es immer gehasst, für sich alleine einzukaufen, und wenn er heute manchmal noch einkauft, erinnert ihn das stets an die furchtbare Bedrücktheit, die er schon vor Jahren dabei gespürt hat, allein mit sich und den Waren. Das Piepen der Kassen schneidet durch die Luft. Einzelne Personen huschen durch die Gänge. Er nimmt Bananen in die Hand und tut so, als würde er sie begutachten. Dann lässt er sie in den Korb fallen. Vor dem Kühlregal angekommen, kann er sich zwischen all den Billigwürsten nicht entscheiden. Er greift nach dem rohen Bauernschinken, den er früher immer mitnahm, und legt ihn in den Korb. Am liebsten würde er sich einfach dazulegen. Von den Toastbroten wählt er den Vollkorntoast, von den Buttern die billigste, von den Milchtüten die blaueste. Bei der Cola fragt er sich, ob das Pfand für die Flasche auch bei anderen Märkten einlösbar ist. Dann schmunzelt er ob solcher Überlegungen. Schließlich verstaut er den halb vollen Korb irgendwo zwischen den Waschmitteln und geht zum Pfandautomaten. Eine Flasche nach der anderen schiebt er in das verschmierte Loch und sieht den Betrag dabei langsam wachsen. Hinter ihm macht eine Frau durch Flaschenklimpern auf sich aufmerksam. Gleich fertig, versucht er telepathisch zu übermitteln.

Schließlich kauft er eine Salamipizza, um kein Aufsehen zu erregen. Die Kassiererin kennt er, sie ist auf prollige Weise sehr hübsch, und manchmal denkt er, wieso nicht so jemand.

Zuhause angekommen (er will es nicht «Zuhause» nennen!), huscht Anton ins Gemeinschaftsbad, es ist nicht besetzt, und verriegelt hinter sich die Tür. Geschafft, sagt es in ihm, und er entledigt sich schnell seiner Kleider. Der Hahn wird aufgedreht, das Wasser sprudelt stoßhaft los. Er hat sich entschieden, ein Bad zu nehmen, wennschon, dennschon. Eine leere Duschgelflasche füllt er auf, schüttelt sie und kippt das leicht schaumige Wasser wieder in die Badewanne. Heiß bitte, noch heißer. Einen Fuß taucht er probeweise ins Wasser, die Drecksflecken lösen sich sofort auf; es ist zu heiß, er mischt etwas kaltes Wasser hinzu.

Anton hat immer länger als andere gebraucht, um die eigene Lage zu erkennen. Als er die Pubertät bemerkte, war sie fast schon wieder vorbei. Dann dauerte es fünfzehn Jahre, bis er erkannte, dass er «seelisch labil» ist, wie es im Sozialarbeitersprech jetzt heißt. Und zuletzt mussten etwa sechs Wochen verstreichen, bis er sich eingestand, obdachlos geworden zu sein. Solange man noch im Kontakt mit irgendwelchen Ämtern steht, kann man sich über den eigenen Status hinwegtäuschen, hat man das soziale Netz noch auf Tuchfühlung. Seit ein paar Tagen aber weiß er: Jetzt ist er obdachlos, jetzt ist er unten. Wie lange schon? Seitdem er im Übergangsheim wohnt? Glauben kann er es aber noch immer nicht ganz. Manchmal hält er unvermittelt inne und fragt sich, ob das wirklich er ist, der da gerade Flaschen aus dem Mülleimer fischt, der schlecht riecht, abgerissen aussieht, mehr torkelt als geht. Ich? Wirklich? Das war doch mal ganz anders gedacht. Dann aber geht das Torkeln weiter, und die Selbstvergessenheit, und das sinnlose Ablaufen der Momente. Und doch, den Kopf hält er hoch dabei, so hoch es eben nur geht.

Er taucht ein, das Wasser verfärbt sich und stichelt heiß und angenehm. Das ist genießbar wie nur noch wenig. Manches Essen macht noch Freude, der Cheeseburger vorgestern etwa, die Gulaschsuppe in der Volksküche vor einer Woche. Und jetzt, dieser Verlust von Gewicht, eine Wohltat, die Schwere schwindet kurz aus den Gliedern, die Hitze wandert in den Körper ein. Er wäscht sich, wie er es gelernt hat. Dann liegt er da, lässt bisweilen heißes Wasser nachlaufen, gerade so, dass es noch erträglich ist, liegt da und *ist* einfach, ohne viel zu denken. Schließlich wird es ihm zu langweilig, und er zieht den Stöpsel, duscht den Drecksfilm auf der Haut ab und steht auf. Durch das Fenster winken die Bäume. Es ist wohl ein schöner Tag.

Draußen auf dem Flur sind Schritte zu hören, ein Klopfen an der Bürotür, jemand redet aufgeregt. Wieder ein abgewiesener Antrag, irgendeine Unverschämtheit vom Amt, Anton kennt den empörten Tonfall des Unverständnisses, der sofort aufgefangen und kanalisiert wird, diesmal von Sonja, die Schicht zu haben scheint. Sonja ist auch Antons Sozialarbeiterin. Der Redeschwall versiegt, im Büro wird sich der Sache angenommen. Anton hört die Stimmen nur noch abgedämpft. Er zieht sich an, bemerkt jetzt erst den stechenden Geruch seiner Kleidung. Vor dem Spiegel richtet er sich das Haar, fährt mit den Fingern durch die Strähnen. Im Gesicht kommen ihm nur noch die Augen entfernt bekannt vor. Dann packt er seinen Rucksack und horcht, ob die Luft rein ist. Er öffnet die Tür und schlurft eilig in den Flur, nur drei, vier Schritte, dann ist er in seinem Zimmer. Es begrüßt ihn die Unordnung. Es begrüßen ihn die tausend Formulare und Schreiben, die er in zwei Ecken geworfen hat. Links die Rechnungen und Mahnungen und Inkassoschreiben und Gerichtsvorladungen und Urteile. Und rechts die anderen Briefe und Zuschriften, die er schon nicht mehr öffnen konnte. Vielleicht ist ein Haftbefehl darunter, vielleicht auch nicht.

Harald Schmidt macht einen Witz. Er macht das auf die gespielt naive Weise, die eine angebliche Empörung als überraschendes Politikum ausstellt und meist mit «Aber entschuldige mal bitte …» anfängt. Das Publikum schmeißt sich weg, und Andrack presst ein nasales Grunzen hervor. Anton wacht auf, aber nicht von Schmidt, sondern von dem verbrannten Geruch in seinem Zimmer, von den Rauchschwaden, die aus Richtung der Kochecke kommen und ihn jetzt aufscheuchen. Seine Pizza ist verkohlt.

Nachdem sie vor der kleinen, offenen Fensterscharte seiner Kochecke kalt geworden und der Rauch größtenteils abgezogen ist, begutachtet Anton die Pizza, schabt den dunklen Rand ab und isst sie schließlich am Tisch. Asche in sein Maul. Währenddessen klickt er eine neue Folge der Harald-Schmidt-Show an. Die Leute auf YouTube haben eine Menge Folgen hochgeladen. Anton sieht am liebsten die klassische Phase zwischen 11. September 2001 und der sogenannten Kreativpause Ende 2003. Da hatte Schmidt die größte Sicherheit und den meisten Spaß, und auch Anton ging es damals gut, mit Nicole, seiner Freundin. Er glaubt es kaum, dass das weit über zehn Jahre her sein soll. Eigentlich lebt er, kulturell gesehen, noch immer in dieser Zeit, die Witze versteht er alle, egal wie zeitbezogen, die Prominenten sind ihm sämtlich vertrauter als die gängigen Namen von heute.

Während Schmidt mit Suzana, Zerlett und Andrack wichtelt, was jedes Mal eine besonders gelungene Folge garantiert, schreibt Anton auf der Rückseite eines Überweisungsvordrucks eine Namensliste auf. Wie ein Fußballtrainer mit seiner Aufstellung hantiert Anton dabei, streicht Namen wieder durch, ersetzt sie, schickt andere ins Spiel: Hermann, Mutter, Raoul, Peter, Janka, Max. Auch Nicole schreibt er versuchsweise hin, streicht sie dann entschlossen wieder durch. Es sind die Menschen, die er in den nächsten zwei Wochen besuchen will, um sich zu offenbaren. Offenbaren – Offenbarungseid? Das kennt er doch aus seiner Kindheit. Wenn seine Mutter den Vater wieder mal auf Unterhalt verklagte, machte der einfach einen falschen Offenbarungseid. Offenbar ein Wort für Versager. Doch betteln wird Anton nicht. Er will nur, dass sie ahnen, in welcher Lage er sich befindet. Zumindest sollen sie später nicht sagen können, sie hätten rein gar nichts gewusst. Und für manche dieser Namen müssten dreitausend Euro doch aus der sogenannten Portokasse zu zahlen sein, nicht wahr? Verdient Max das nicht an einem Tag? In einer Stunde? Er prägt sich die Namen ein und überkritzelt sie dann mit einer Emphase, die ihn überrascht.

Dreitausend Euro, denkt Anton. Dreitausend Euro. Meine Ablösesumme. Kreisliga, Bezirksliga, Behindertenliga. Er steckt das letzte Stück Pizza in den Mund und lässt es krachen. Ein schwarzer Keks ist das, der nach nichts mehr schmeckt. Harald Schmidt macht einen Witz. Andrack grunzt durch die Nase. Das Publikum schmeißt sich wie auf Kommando weg. Anton versteht das alles und verzieht keine Miene.

*

Namen, einer über dem anderen, bekannte und unbekannte, Fakes und Stammchatter. Denise sucht ihn. Er ist nicht da. Sie loggt sich unter anderem Namen ein und beobachtet den Chat. Alle grüßen, dann Stille, Stillstand. Dann reden sie über ihre Medikationen. Dann beschimpfen sie einander. Dann spammt einer den Bildschirm voll, dass es flackert. Die, die sie kennt, sind wohl im Privatchat. Sie sagen nichts. Denise geht in die anderen Räume, in denen er sein könnte. Es wird doch wohl nicht so sein, dass er nur auf sie gewartet hat, um sie zu ködern, und jetzt nie wieder auftaucht? Er ködert doch sicherlich täglich, auch andere. Oder zumindest wöchentlich.

Jemand schreibt Denise an, wie geht's, woher, wie alt. Sie lügt sich jünger. Linda ruft, sie kann nicht schlafen. Sie will Wasser, sie will die CD noch einmal hören. Denise kümmert sich um alles, gibt ihr einen Kuss auf die Wange und deckt sie zu. Das Licht bleibt an, die Tür offen. Zurück am PC sieht sie, dass ihr wieder ein paar einsame Herzen oder kaputte Seelen geschrieben haben. Oft fragt sie sich, wie es sein kann, dass sie mit ihrer mittleren Reife korrekter schreibt als alle diese angeblichen Akademiker. Und es zeigt sich, wie abgefuckt die Menschen eigentlich sind. Die Naivsten werden schnell zu den schlimmsten Sadisten. Aber alles nur unter dem Mantel der Anonymität, alle testen sich nur aus, Denise nicht anders.

Sie fragt Kimba, ob El Duce in letzter Zeit da war. Kimba verneint nach zehn Minuten, aber wie es Denise denn so ginge? Denise vermutet El Duce hinter jedem zweiten Nick. Sie flirtet lustlos mit zwei Männern, die nicht El Duce sind, und checkt gleichzeitig ihren Kontostand. Wieder nichts. Daniela Katzenberger redet in einem TV-Special über ihre Sendung.

Denise kann die Katzenberger nicht hassen, obwohl sie es gerne würde. Die Katzenberger, die will doch auch nichts Böses, denkt sie. Die macht einfach nur das Beste aus allem. Würde Denise doch auch tun. Das heißt, Denise würde es eben nicht tun, weil sie ihre Chancen nicht erkennt. Denise würde aus der Castingshow rausfliegen und sich zurückziehen und ihre Wunden lecken, anstatt die Aufmerksamkeit zu nutzen. Sie würde beschämt zurück zum Lidl gehen.

Nein, Denise würde nicht einmal in eine Castingshow gehen. Denise würde ganz unten ansetzen. Sie würde in Pornos mitspielen. Denise würde echt in Pornos mitspielen. Unfassbar. Noch unfassbarer: Denise hat in Pornos mitgespielt. Sie hat wirklich in Pornos mitgespielt, keine drei Wochen her. Sie schwitzt. Stimmt das wirklich? Wie um sich zu vergewissern, geht sie auf die Pornoseite und gibt ihren Pornonamen ein. Sofort sind da die drei Videos, ganz oben in der Thumbnail-Liste. Eindeutig Denise. Eine Mischung aus Scham und Stolz durchströmt sie. Nein, sie will sich nicht nur vergewissern. Sie will die Kommentare lesen. Sie will die Geilheit lesen. Sie will wissen, was sie wert ist. Denise klickt das erste Video an, stellt den Ton ab und liest.

*

Rasierschaum knistert in seinem Gesicht. Ein Bart aus Kleister, humorig aufgetragen. Anton sieht bescheuert aus im Spiegel, fast muss er lachen. Hermann tänzelt um ihn herum und gibt den Maestro. Die effeminierten Kiekser und Gesten sind zu klischiert gespielt, aber das kennt Anton schon. So wie Anton lange dachte, er sei ein begnadeter Sänger, hielt Hermann sich immer für den geborenen Schauspieler. Nach dem Abitur hatte er deutschlandweit in allen Schauspielschulen vorgesprochen und dann gemeint, sie hätten ihn nur nicht genommen, weil er schon nicht mehr formbar gewesen sei. Das jedenfalls sei ein häufiges Argument gewesen. Er interpretierte das als Charakterstärke und fuhr gut damit. So wurde er Jurist, Rechtsanwalt, Pragmatiker und Schwiegersohn, und alle waren zufrieden.

Hermann schwingt das Rasiermesser. Das Rasiermesser ist ein echtes, langes und scharfes Rasiermesser, und Hermann ficht damit wie mit einem Florett, lässt es auf- und zuschnappen. Zum Spaß setzt er es unter Antons Kehlkopf an, starrt ihm trocken in die Augen, und Anton sagt: «Mach.»

Mit jedem Rasierstrich, den Hermann mit der Präzision eines Coiffeurs ausführt, stellt er Anton eine Frage, bringt soeben erhaltene Informationen auf den Punkt oder übersetzt Problemstellungen in mögliche Handlungsanweisungen. Das Spielerische ist Anton bald ein Krampf, aber wenn Hermann mit der Situation so besser umgehen kann, bitte. Es soll Anton wohl das Reden erleichtern, angesichts seines Schicksals, das Hermann fremd, unheimlich und monströs erscheinen muss.

«Und du lebst noch immer da.»

«Kann man so nennen.»

«Mit den Knackis.»

«Auch. Auch mit denen.»

«Wir haben es dir gesagt. Das hätte nicht passieren müssen. Nimmst du die Medikamente.»

«Welche.»

«Welche gibt es denn. Halt gegen die Sucht, den Burnout.»

«Ja. Aber darum geht es jetzt nicht.»

«Darum geht es in erster Linie. Alles andere lässt sich regeln. Contenance, Monsieur! Nase hoch. Helfen die dir.»

«Die Medikamente?»

«Die Sozialarbeiter, Mann.»

«Ja, soweit sie können.»

«Das ist gut. Schau, und gleich wirst du wieder ganz anders aussehen. Erscheinung ist nicht alles, aber doch viel. Muss ich dir nicht sagen.»

«Nein. Musst du nicht.»

«Und was macht dir am meisten Sorgen? Der Prozess?»

«Ja. Die Schulden.»

«Warten wir ab, was der Prozess bringt. Wir schaffen das schon. Und einen Termin bei der Schuldnerberatung machen wir auch gleich.»

«Das ist nett. Aber ich war schon da. Viermal.»

«Alter Verwalter. Und was sagen die.»

«Ich schreib alles auf und zahle erst einmal die kleinen Beträge, wo es geht.»

«Genau, damit unten nichts nachwächst. Oben kommt dann später. Wir gehen das gleich durch. Hast du Unterlagen dabei?»

Nein, hat er nicht, wieso auch. Hermann bemüht sich, Anton nicht zu offensichtlich auszufragen und aufzupäppeln, aber die Kumpelhaftigkeit, die er dabei ausstellt, wirkt falsch. Sie sind schon lange nicht mehr auf Augenhöhe. Dennoch fühlt Anton sich kurz aufgehoben. Ein ehemaliger Freund strengt sich an und kippt in Redensweisen von früher zurück. Jemand fragt nach und scheint um Lösungen bemüht. Das ist nicht nichts.

Schließlich ist die Rasur komplett. Hermann imitiert

eine Fanfare und reißt Anton das Handtuch von der Brust. Der erkennt sich im Spiegel, erkennt aber vor allem das eigene Alter, das ihn erschreckt. «Zuhause» im Heim ist das Licht so gedimmt, dort sieht er sich nie richtig. Hier jetzt erkennt er das Debakel, die eingefallenen Wangen, das dennoch Aufgedunsene, die Augen auf Rückzug, die Falten echte Kerben.

«Nicht schlecht, was?», ruft Hermann und verschwindet kurz. Da blickt Anton schon nicht mehr in den Spiegel. Er schaut nach draußen, in den Garten. Alles sieht so frisch und grün aus, fast obszön, die pralle Natur. Plötzlich hat er einen Kloß im Hals. Das ist seit Monaten nicht mehr passiert. Er will weinen.

Er merkt kaum, wie Hermann, wieder zurück, ihn in einen neuen, alten Anzug steckt, grau und elegant. «Perfekt», meint Hermann, «schau dich an, alter Charmeur.» Anton zuckt mit den Achseln. Aber doch, der Anzug gefällt ihm. Er gefällt ihm wirklich. Hermann schnalzt mit der Zunge und macht einen militärischen Gruß.

★

Rihanna singt glasklar und vom Autotune entseelt durch die Boxen, der Beat stampft, und Denise denkt, wieso nicht einen Undercut. Rihanna hat einen Undercut, einen krassen, und Denise möchte vielleicht auch einen, einen leichten, aber erkennbaren. Und eine neue Farbe. Das Schwarz muss weg. Sie will die Kontrolle darüber haben, wer sie erkennt und wer nicht.

Als sie auf dem Stuhl sitzt, kämmt George, der bestimmt nicht George heißt, ihr das Haar und liebkost einzelne Strähnen. Dann atmet er durch und sagt, er sehe schon.

«Was siehst du?», fragt Denise.

«Diesmal geht es dir nicht nur um die Spitzen», sagt George und hockt sich neben sie.

Obwohl er offensichtlich nicht schwul ist, schwult er herum, stützt das Kinn auf die Faust, blickt sie ernst durch seine Ray-Ban-Brille an. Er sieht aus wie Mads aus dem Frühstücksfernsehen, der skandinavische Modetyp, der aus hässlichen Entlein akkordweise hässliche Schwäne macht.

Denise starrt in den Spiegel. «Du hast recht.»

«Ich weiß», sagt George, «das ist mein Schicksal. Und es ist kein leichtes.»

Denise muss lachen. «Undercut», sagt sie, «aber nicht zu krass.»

Er markiert die mögliche Stelle, sie nickt.

«Und eine neue Farbe», sagt sie.

«Ich weiß», haucht George, «ich weiß doch.»

George vermutet eine Trennung. Denise bejaht das mit einem angesäuerten Gesichtsausdruck und zieht sich eine erfundene Beziehung aus der Nase, die gerade beendet sei. Sören also sei zurück zu seiner Exfrau. George verzieht den Mund und nickt. Und zurück zu seinem Kind. George atmet zischend ein, als habe er sich verbrannt. Und das Kind, ob das nicht schon lange vorher ein Problem gewesen sei? Ja, aber Denise habe es zuvor nicht so wahrgenommen. «Er war doch inzwischen auch mein Sohn!», verzweifelt sie. George schüttelt verständnisvoll den Kopf, während die strohigen schwarzen Haare allseits niederregnen.

Irgendwann muss Denise gar nicht mehr viel erfinden,

George konstruiert die Geschichte durch seine Vermutungen einfach mit, und so entsteht ein kleines Drama, das Schulzeit, Betrügereien und Abtreibungen miteinschließt. Als es an die Farbe geht, sie haben sich für einen düsteren Zobelton mit Lowlights entschieden, markiert das für George auch den Gezeitenwechsel: Flut statt Ebbe, Blick nach vorn statt Blick zurück, Zukunft statt Vergangenheit. Er muntert die vermeintlich gebrochene Denise auf, macht dezente Komplimente für den scharfen Schnitt ihres Gesichts, schäkert mit ihr herum. Dann muss er kurz weg. Sie sitzt alleine da und bemerkt jetzt die Wartenden um sich. Die warten nur, denkt sie, die gucken nicht. Und wenn sie gucken, dann, weil sie warten.

Nach dem Färben sieht Denise aus wie frisch der *Gala* entsprungen, und sie hält den Kopf schräg und macht einen Schmollmund. Dann zieht sie dem Spiegel eine Modelgrimasse, ein poppiges Grinsen mit herausgestreckter Zunge. George muss lachen, klatscht in die Hände und sagt: «Du bist ein Star, mein Schatz.»

Er wollte schon gehen, aber Hermann hat ihn fast genötigt. Jetzt sitzen sie da und kauen Couscous. Cathrin ist inzwischen Veganerin, zwar nicht dogmatisch, aber doch so, dass gerade, so die offizielle Version, nichts anderes im Haus war. Das Couscous ist mit Erbsen und anderem kleinem Gemüse durchsetzt, und Anton kommt sich vor wie ein wiederkäuendes Tier, das keine Zähne, sondern eine Kauleiste im Mund trägt. Cathrin mümmelt den Brei in kleinen Häppchen.

Es scheint ein stiller Kampf um Hermann entbrannt zu sein. Zwar setzt sich Cathrin vordergründig für Anton ein. Doch er kennt sie seit Jahren, ihren defensiven Widerstand, die Krallen, die sie ausfährt, wenn ihr Reich in Gefahr ist. Sie hegt, seit dem Ausrutscher, ein gesundes Misstrauen gegen Anton und sieht sich inzwischen in einem Maße bestätigt, dass es für Misstrauen eigentlich schon wieder keinen Grund mehr gibt. Das Versagen ist offensichtlich, Mitleid angebracht. Und dennoch weiß sie, Anton hat das ältere Recht, die Freundschaft mit Hermann geht weit zurück, auch wenn sie diesen Sachverhalt niemals offen ansprechen würde. Das wäre albern. Eine Freundschaft ist keine Beziehung.

Der Ausrutscher stopft ihr seit je das nervöse Mäulchen. Anton weiß nicht, ob Hermann weiß, dass Cathrin und Anton nach der Geburtstagsparty eines Repetitors, auf der Anton ein letztes Mal mit seiner Band aufgetreten war, miteinander abgestürzt sind, auf klassische Weise, klein und schmutzig. Die Verschwiegenheitsklausel trat sofort nach den Orgasmen in Kraft, und Cathrin hat seitdem, und wie lange ist das her, Jahrzehnte ist das her, kein vernünftiges Wort mehr mit Anton gewechselt. Seine Andersartigkeit, jetzt eine Katastrophe, mag damals noch verwegen gewirkt haben: ein *dirty young man* zur schnellen Projektion flüchtiger Gefühle, der etwas Tierähnliches bekam, sobald er trank, der Abenteuer jenseits der Paragraphen versprach, und sei es nur für zehn Minuten. Anton hatte sich diese Wirkung bisweilen zunutze gemacht. Dann nahm die Verwahrlosung überhand. Und seine ambitionierte Schülerband, die bereits zur hobbymäßig dahinvegetierenden Studentenband geworden war, inzwischen fast nur noch Cover spielte und längst nicht mehr auf einen Plattendeal hoffte, schlief ohne Verabredung ein. Die einzelnen Mitglieder gingen ihrer Wege, und Anton wählte den abgelegensten Pfad.

Er sieht Cathrin an, versucht, sich zu erinnern. Es kommen nur einzelne Bilder, die kleinen, festen Brüste, die Narbe dazwischen, die geschlossenen Augen und der Höhepunkt, wie so oft, beim Reiten. Ansonsten weiß er nichts mehr. Da ist nichts. Vielleicht war da nie etwas. Sein Schoß ist taub und kalt, und womöglich war er das schon immer.

«Du hörst ihm gar nicht richtig zu», sagt Cathrin und nippt am Wein.

«Natürlich höre ich ihm zu», sagt Hermann und schabt seinen Couscousrest zu einem kleinen Haufen zusammen.

«Du beschwichtigst immer nur und denkst, das reicht», sagt Cathrin.

«Leute, ihr hört mir offensichtlich beide zu», sagt Anton und merkt sofort, dass er gar nicht gefragt ist.

«Du redest über den Prozess, als sei er schon gewonnen. Dabei sehe ich das nicht. Das Gutachten scheint zu Ungunsten von Anton ausgefallen zu sein. Und der Richter, der Richter ist was, Anton?»

«Ein dumpfer Schrebergärtner», sagt Anton.

«Genau. Und nur ein minimaler Prozentsatz schafft es überhaupt, die eigene Geschäftsunfähigkeit nachzuweisen. Und du tust so, als wäre alles gut, als würde ihn das nicht noch mehr hineinreiten», sagt Cathrin.

«Wenn nicht er, wer dann», sagt Hermann.

«Er schätzt doch nicht einmal seine Situation richtig ein», sagt Cathrin.

«Doch, tue ich», sagt Anton. «Tue ich.»

«Ich sehe das nicht», sagt Cathrin. «Ich sehe das einfach nicht.»

Nach dem Essen probiert auch Anton einen Schluck Wein, den ersten seit Wochen. Er schmeckt säuerlich und gut, eine Spätlese der Sünde. Sein Blick streift das Bücherregal, die alten Dostojewskis aus Hermanns Studienzeiten stehen dort, samt Neuübersetzungen, aus *Schuld und Sühne* wurde *Verbrechen und Strafe*, genau, so war das, erinnert er sich. Aus Mord wurde Kredit, aus Tragödie Farce, aus Raskolnikow Anton, denkt Anton und ist zufrieden mit diesem Gedanken, der aus einer anderen Zeit zu stammen scheint. Aus einer Zeit, in der er noch der Illusion unterlag, eigene, spannende Gedanken zu denken. Wo Verbrechen noch Schuld nach sich zog, wo Schicksal nicht einfach nur Bürokratie bedeutete. Er seufzt.

Was seine Pläne seien, fragt Cathrin, und Anton sagt, dass er erst einmal den Prozess abwarten wolle.

Hermann findet das nur vernünftig. «Wir sind dabei», sagt er, «wir lassen dich nicht im Stich.»

«Wessen Idee war das eigentlich?», fragt Cathrin.

Anton und Hermann schweigen, als würden sie es nicht wissen.

«Anton», sagt Cathrin schließlich, und Anton weiß, was jetzt kommt: der Riegel.

«Anton, wir haben dir geholfen, die Prozesskostenbeihilfe zu beantragen, wir vertreten dich vor Gericht, obwohl ich von Anfang an dagegen war. Ich bin auch jetzt mit an Bord, ich lasse dich nicht im Stich. Aber was wir nicht machen können, ist, dich ganz aus der Scheiße zu hieven. Wenn wir den Prozess verlieren, können wir nicht zahlen. Ich schätze dich sehr, aber das können wir nicht. Wir haben selbst

Schulden, und nicht zu knapp. Das hier», und sie macht eine Handbewegung, die das ganze Haus meint, «das hier sind alles Schulden. Das sind alles Schulden.»

«Seit wann sagst du eigentlich alles zweimal», platzt Hermann der Kragen.

«Seit du alles erst verstehst, wenn man es dir zweimal sagt», kontert Cathrin.

«Leute», sagt Anton.

«Das ist ein Fass ohne Boden», sagt Cathrin. «Es geht auch um Verantwortlichkeiten.»

«Das hat der Gutachter auch gesagt», sagt Anton.

«Natürlich geht es auch um Verantwortlichkeiten», sagt Hermann, «aber muss man ihm die jetzt an die Stirn nageln?»

«Ich weiß», sagt Anton, «der Wille zur Rückkehr in die Gesellschaft muss von mir kommen, das weiß ich.»

«Da kann dir keiner helfen», sagt Cathrin, «es tut mir leid, ich muss da so strikt reden.»

«Aber seine Schulden mit unseren zu vergleichen, ist doch grotesk», sagt Hermann.

«Natürlich ist es das», sagt Cathrin, «ich vergleiche auch gar nicht, ich stelle nur Fakten nebeneinander.»

«Natürlich vergleichst du, und du weißt, dass unsere Schulden nur negativer Reichtum sind.»

«Negativer Reichtum», spottet Cathrin, «und was ist dann positive Armut?»

Peinliches Schweigen.

«Die sitzt mit am Tisch», sagt Hermann. «Und jetzt zügle deine Zunge.»

Er wollte schon gehen, aber Cathrin hat ihn fast genötigt. Sie hat das Gästebett hergerichtet, Anton dabei einen unsicheren Blick zugeworfen und es nach der zu harten Diskussion nicht zulassen wollen, dass er noch den Heimweg antreten muss. Schlechtes Gewissen, vielleicht. Ihr voreiliges Schandmaul mit den dünnen Lippen. Sie sitzen bei einem letzten Schluck Wein zusammen, und Anton ist wieder ins Gespräch eingebunden, obwohl er nichts mehr zu sagen hat. Er *liebt* seinen Anzug, den er den ganzen Abend schon trägt. In der Spiegelung der Terrassentür sieht er sich sitzen, eine skurrile Mischung aus Eleganz und Verkommenheit. Dazu sirrt Jazz aus edlen Boxen.

Als Cathrin kurz auf der Toilette ist, steckt Hermann Anton zweihundert Euro zu.

«Echt?», flüstert Anton.

Hermann winkt nur ab und legt den Finger an die Lippen, woraufhin Anton das Geld stillschweigend einsteckt. Hermann macht eine Schreibbewegung, er notiere schon mit. Ratlos streckt Anton den Daumen nach oben. Sie wissen beide, dass er sich nachher still aus dem Staub machen wird.

Als Cathrin zurückkommt, schlägt Hermann vor, als Absacker noch einen Scotch zu nehmen. Cathrin stutzt, ihr Blick fragt Muss-das-sein, aber ihr Mund sagt: «Warum nicht?» Sie will die beiden wohl auch nicht zu lange alleine lassen, schon gar nicht alkoholisiert. Wer weiß, was da zur Sprache käme.

Anton fühlt sich wie angeleimt in seinem Sessel, aber auf angenehme Weise. Er lässt es alles geschehen, die Worte, das Geld, den Scotch, und die Ratlosigkeit verfliegt für einen Augenblick und weicht der altbekannten, so geliebten wie fatalen Gleichgültigkeit.

✳

Schlampenbashing galore. Heike und Martina sind zu Besuch, und zu dritt zerreißen sie sich das Maul über die Möchtegernmodels, die sich ihrerseits das Maul über Marie zerreißen. Marie ist dieses Jahr die Kandidatin mit dem höchsten Aufmerksamkeitspotenzial, diejenige, die nicht gewinnen, aber im Gedächtnis haftenbleiben wird. Sie fläzen sich auf dem Sofa, beiderseits des Bildschirms, und lästern, was das Zeug hält.

«Marie ist eine Schlampe, klar, wenn die mal stirbt, braucht's einen dreieckigen Sarg», sagt Heike und macht zur Erklärung die Beine breit. Martina und Denise prusten los.

«Aber wie die anderen Bitches da jetzt abgehen, geht auch auf keine Kuhhaut», wendet Martina ein und lutscht eine saure Zunge.

«Ich bin für Tessa, die ist geil», sagt Denise, «die wird noch ihren Auftritt haben, glaubt mir.»

Nach einem Schnitt, in dem der sexy Coach seine Expertise mitteilt, staksen die Möchtegernmodels schon wieder über den Catwalk, ihren kantigen Beckenknochen hinterher.

Denise genießt jede Erniedrigung, der sie nicht selbst ausgesetzt ist. Sie wäre gern dort, auf der anderen Seite. Gleichzeitig weiß sie, dass sie diesem Druck keinen Moment lang standhalten könnte und ihre Schadenfreude fehl am Platz ist. Und doch steigt Trotz in ihr hoch: Warum nicht hämisch sein? Zum Ausgleich, dass sie nicht dort ist, darf sie so schadenfroh sein, wie sie will. Wer in die Öffentlichkeit geht, muss auch einstecken können. Da wird ihr plötzlich heiß, und sie sieht sich als Thumbnail. In welche Öffentlichkeit hat sie sich hineinbegeben?

«Hat Gina-Lisa nicht vor kurzem einen Porno gedreht?», fragt Heike.

«Nee, die wurde beim Sex gefilmt und dann geleakt.»

«Ge-was?»

«Ins Internet gestellt.»

«Ahso.»

Denise weiß nicht, ob dies als Stichwort gemeint ist, auf das sie reagieren soll. Sie traut sich nicht, ihre Freundinnen anzusehen. Wissen sie etwas? Wollen sie ihr das Geständnis erleichtern? In ihrem Rücken piekst es. Sie vertieft sich in die Werbung und sagt nichts. Da springt Martina unverhofft ein und eröffnet den anderen die große Neuigkeit.

Der Fernseher ist auf stumm gestellt. Gerade sah sich Denise noch auf dem Pornotablett, jetzt ist sie plötzlich Expertin für Schwangerschaften. Sie will weder zu- noch abraten.

«Du wirst schon wissen, was du willst», sagt sie. Sie will sich gar nicht erinnern, wie es bei ihr war, aber Martina drängt sie dazu. Denise antwortet mit Gegenfragen, wieso haben sie nicht verhütet, wieso denn dieser alte Techno-spacken, ist doch klar, dass der immer nur auf Droge ist, *Push and pull* ein Leben lang. Gleichzeitig hat sie Bilder von sich im Kopf, wie sie nur noch heulte auf dem Wochenbett, das Kind ein Alien im Arm, der Vater ein Loser vor dem Herrn.

«Ist das Sperma eigentlich kontaminiert bei so Druggies?», will Martina wissen und muss lachen, auch aus Stolz über das Wort «kontaminiert».

«Keine Ahnung», sagt Denise. Sie weiß es wirklich nicht.

«Googeln hilft immer», schlägt Heike vor und zückt ihr Smartphone, und Denise denkt, wir sind dumm, so dumm, bräuchte man einen Führerschein für Kinder, sie hätten ihn schon zehnmal eingezogen.

«Hat Marc eigentlich Drogen genommen damals», will Heike wissen.

«Wieso», fragt Denise.

«Nur so», sagt Heike.

«Nur so gibt es nicht», sagt Denise. Es ist klar, es geht um Linda.

«Könnte ja sein», sagt Heike.

«Du schleppst sie halt die ganze Zeit von Arzt zu Arzt», wirft Martina ein, «ich verstehe gar nicht, warum. Mir kommt sie eigentlich ganz normal vor. Was soll das denn für eine Krankheit sein?»

Denise kocht innerlich, in ihr hallt die ewige Frage ihrer Mutter nach: *Ist sie nun behindert oder nicht?* Sie stellt den Ton wieder an.

«Es ist keine Krankheit. Sie hat Wahrnehmungsstörungen», sagt Denise, «sie sieht den Raum nicht so wie wir.»

«Gab's früher nicht, genau wie dieses ADHS», murmelt Heike.

«Meint ihr vielleicht, ich find das schick?», zischt Denise.

«Nein, natürlich nicht», sagt Martina.

«Wer weiß», sagt Heike.

Wieder kommt Werbung, lauter gepegelt als die eigentliche Sendung, und schreit den drei Mädchen ihre Sehnsüchte zu: glatte Haut, beste Diät, ab in den Urlaub.

«Weißt du was», sagt Denise, «treib's ab. Treib's einfach ab. Dann musst du dich später nicht mit solchen Scheißfragen herumschlagen.»

Als die Freundinnen weg sind, liegt die Empörung noch immer in der Luft. Aber Denise fühlt sich befreit. Was sind schon Freundinnen wert, die solche Fragen stellen. Man sieht doch, wie die Menschen miteinander umgehen, hier auf diesem Bildschirm, genau hier, wo Natascha und Tessa sich plötzlich mit Marie verbünden und so tun, als sei nie auch nur irgendwas gewesen.

*

Aus einem Abfalleimer tropft Mayonnaise wie Eiter aus der ruhelosen Wunde. Anton ist aus dem saubersten Bett seit Jahren geflüchtet, steht nun in der U-Bahn-Station und starrt den Müll an. Er lag schon in seiner ewigen Embryonal-stellung im Gästebett und wartete auf den Schlaf, aber der stellte sich nicht ein, und bevor er noch länger auf das Früh-stück mit seinen verkaterten Ersatzeltern warten würde, stand er lieber mit der Morgendämmerung auf und machte sich auf den Weg. Denn bei Hermann und Cathrin würden sich seine Probleme nicht lösen. Aber wo? Und sind die Pro-bleme überhaupt individuierbar? Oder ist nicht vielmehr Anton selbst ein einziges Problem, das nicht mehr aufzu-dröseln ist? Ein Problem im Anzug, immerhin. Er sieht sich im Fenster des herrenlosen Aufsichtshäuschens und nickt anerkennend. Bald kommt die erste U-Bahn, und die ersten Werktätigen werden drin dösen. Er wird sie sehen, und sie ihn, und es wird nichts bedeuten. Er wird in Richtung Heim fahren, er wird sich in sein Zimmer schleichen, die Unord-nung sehen, die Mahnungen und Drohungen. Es wird sich nichts geändert haben.

Und doch, das gestrige Gespräch, dem er mehr beiwohn-te, als dass er daran teilnahm, das Gespräch zwischen Her-mann und Cathrin, es hat ihn angestachelt, hat seinen Rest-stolz geweckt. Vielleicht wird er es ihnen allen zeigen, den

Rechtsanwälten dieser Stadt, den Cathrins dieser Welt. Das könnte doch immer noch machbar sein, oder? Theoretisch, denkt er und fühlt sich kurz wie ein Sportreporter, theoretisch geht hier noch einiges, meine Damen und Herren. Und vor allem, wird ihm kurz bewusst, trifft die Urtatsache noch immer zu: Er lebt. Ja, er lebt noch. Das ist längst nicht mehr selbstverständlich. Alles ist möglich, denn er lebt noch. Das lässt ihn kurz aufatmen. Anton steht vor einer leeren Werbefläche und malt Phantasiegesichter und Traumstrände hinein. Er hat einen Anzug. Er hat ein paar Tage. Und er will endlich seine Würde zurück.

ZWEITES KAPITEL

Anton ist eigentlich schon Vergangenheit: So sah er sich in den letzten Wochen, so hatte er sich innerlich längst zu den Akten gelegt. Ein Untoter streift durch die Stadt.

Der Entschluss zum Selbstmord begleitet ihn nun schon anderthalb Jahre. Er hat ihn nur noch nicht umgesetzt. Ehemals nahen Menschen beschreibt er die Lage als weniger aussichtslos, als sie in Wahrheit ist, behauptet, er habe es verpasst, sich umzubringen, und müsse nun eben langsam wieder ins Leben zurückfinden. Solche Aussagen werden abgenickt und unterstützt. Anton aber hat den Schritt ins Nichts nur immer weiter hinausgezögert. Allein die Wahl der Methode stellt ihn vor gewaltige Fragen, die einen Entscheidungsschwachen nur lähmen können. Zum Erschießen braucht man eine Waffe. Springen könnte Rollstuhl bedeuten, und welches Gebäude ist schon geeignet und auch noch betretbar? Vom Mut ganz zu schweigen. Und will man sich denn so wegwerfen, zum Fleischhaufen werden? Zum Ertrinken schwimmt er zu gut, bildet er sich ein. Überdosen hat er schon hinter sich, dreimal Tabletten, einmal hätte vermutlich noch eine halbe Flasche Wodka obendrauf das gewünschte Ergebnis gezeitigt, aber wer kann da schon sicher sein. Seine Leber sei extrem belastbar, wurde von Medizinerseite gewitzelt. Als seinen Favoriten hatte er schließlich das «atypische Erhängen» auserkoren, Erhängen mit Bodenkontakt, faktisch die typische Variante. Er hatte ein Scoutingseil in sein Heimzimmer geschmuggelt und an der Türklinke festgemacht, dann eine Art Henkersknoten ins Seil geknüpft und sich schließlich langsam in die Schlaufe sinken lassen. Der Schmerz am Hals hielt sich in Grenzen, der Blutdruck im Kopf stieg sofort an, aber keine Spur von der Ohnmacht, die diversen Quellen zufolge doch nach etwa zwanzig Sekunden eintreten sollte. Strangmarken am Hals und geplatzte Äderchen im Gesicht wollte er vermeiden. Falls es misslang, sollte nichts sichtbar sein. So grüßte das Seil eine Woche lang an seiner Tür, und alle zwei Tage hängte er sich versuchsweise hinein, mal mehr, mal weniger todesbereit. Jetzt, jetzt, *jetzt*, dachte er dann, es klappt, ich gehe jetzt. Nichts passierte. Eine Zigarette nach jedem Versuch und weitere Recherche im unergiebigen Internet. Dann hatte er das Seil vergessen, nicht mehr wahrgenommen. Als eine kurze Affäre einmal bei ihm übernachten wollte, hatte er es deshalb versäumt, das traurig herabhängende Seil von der Tür zu nehmen, und sie brach bei seinem Anblick in Tränen aus und beschimpfte ihn wild. Er wusste nichts zu sagen und nahm sie in den Arm, um sie zu trösten.

In seinen Dämmerträumen wird er entführt, enthauptet, von fremder Hand erstickt. Eine Lawine nimmt ihn mit, ein Samurai taucht aus dem Nichts auf und vollbringt ansatzlos sein Meisterwerk. Geisterfahrer rasen Amok und radieren ihn zufällig aus. Er will entfernt, abgeschafft werden, er will es aber nicht selber tun. Passiv sterben will er, nicht sich aktiv töten. Der Gewaltakt gegen sich selbst hat etwas Unwürdiges, Reste einer metaphysischen Ethik strahlen aus irgendeiner verschütteten Vergangenheit herüber, und immer die zukünftigen Bilder von ihm als Selbstmörder, dessen Leben also sinnlos war in den Köpfen der anderen, die ihm doch eigentlich herzlich egal sein könnten. Ein Gerinnsel möge in seinem Kopf aufplatzen, bittet er, ein Herzinfarkt ihn zu Fall bringen. Irgendetwas. Bitte.

Aber diese Sinnlosigkeit, diese Sinnlosigkeit, die der Selbstmord offenbart, das nachträgliche Eingeständnis, es war alles nichts! Das Leben lässt sich nur rückwärts verstehen, sagte jemand und ahnte kaum, was für eine Spitze er da gegen die Suizidenten richtete. Denn es ist nicht die Addition guter oder schlechter Augenblicke, die als Summe ein gelungenes oder nicht gelungenes Leben ausmachen, sondern eine Dramaturgie, eine Erzählung, die schließlich gut ausgehen soll, oder jedenfalls nicht schlecht. Wer da aufgibt und sich Gewalt antut, verwirkt alles Bisherige mit einem Strich.

Überdies glaubt Anton, dass er wohl in einen ewigen Dämmer fallen würde, wenn er es denn versuchte. Bei ihm würde selbst der Selbstmord schiefgehen. Und dann, er hat das als der Schlafexperte, der er ist, schon oft durchgespielt, säße er behindert und fast hirntot in einem Rollstuhl, der von anderen Händen bewegt werden müsste, wäre in einer Art pränatalem Zustand gefangen, wie unter Wasser, wo Formen und Farben verschwimmen, einzelne Worte auftauchen und unverstanden wieder verklingen, versuppen, verrauschen und auf den Grund niedersinken. Ewige Unmündigkeit, verlorenes Bewusstsein und keine Chance, daran etwas zu ändern.

Hermanns Rasierwasser dünstet noch nach, als Anton das Wohnheim verlässt, wo er kurz geschlafen hat. Sonja hat ihm eine Adressliste mitgegeben, die er in den übernächsten Mülleimer wirft. So ist allen geholfen, denkt er. Dann kehrt er um und fischt den Zettel wieder heraus. Sonja hat ihn belustigt auf den Anzug angesprochen, und er hat geantwortet: «Keine Atempause, Geschichte wird gemacht.» Sonja kannte ihren Einsatz nicht, also fügte er noch hinzu: «Es geht voran.» Worauf sie in ein halblautes Glucksen ausbrach.

Eine Wiese vor ihm ist erdbleich, der Spielplatz daneben karg und seelenlos. Das Schaukelpferd steht unbewegt, sein Kopf scheint angeschimmelt. Anton stapft den Gehweg hinunter, an den leeren Balkonen vorbei, die ihm bekannt sind. Kein Mensch ist zu sehen, nur fahle Autos. Er entscheidet sich, nach rechts zu gehen. Seine Beine eilen ihm voraus. Woher kommt die neue Kraft, die er in sich spürt? Vom Leben selbst, erinnert er sich. Er ist noch hier, gegen alle Wahrscheinlichkeiten, gegen alle Widerstände. Die Urtatsache besteht. Diese Erkenntnis, die eigentlich keine Erkenntnis ist, sondern Evidenz, welche einem schlagartig einleuchtet, konnte ihm der Schlaf, dieser falsche Freund und Allesräuber, nicht rauben. Er lebt. Und während die Schlachtkarossen der Firmen Daimler und BMW an ihm vorbeidonnern auf der irren Hauptstraße, von Deal zu Deal und zurück, erinnert Anton sich an den Satz eines ehemaligen Freundes, den dieser wiederum vom Großvater eines Freundesfreundes hatte, und der Satz, ein Thekensatz, kommt ihm in seiner trotzigen Lakonik und Abgeklärtheit so stimmig vor wie nie: *Leben ist überall nur Leben.*

Und wie die Reaktionen der Leute sich verändert haben! Er wird wieder gesehen. Blicke bleiben an ihm hängen und wissen nicht recht, was mit der Erscheinung anzufangen ist. Sie stellen stumme Fragen und suchen Antworten in den Augen der anderen. Ist der jetzt seltsam oder souverän?

Oder beides? Es war ihm gar nicht recht bewusst gewesen, aber jetzt, wo er wieder sichtbar ist, versteht er erst, wie sehr er in den letzten Monaten oder gar Jahren ignoriert wurde, ja verschwunden war. Und genießt diese unerwartete Wiederauferstehung, solange sie anhält.

Tür auf, Tür zu, ein grauer Teppich dämpft die Gespräche, das Surren der Computer und Deckenleuchten begrüßt den Kunden, alle Zeichen stehen auf Betriebsamkeit. Schnell orientiert sich der Kunde, dort ist das Empfangsdesk, eine kurze Schlange davor, nein, hört er sich dann sagen, einen Termin habe er nicht, aber Wartezeit in rauen Mengen. Schon sitzt er in der Lounge und kann Gummibärchen kauen und Argumente überdenken. Eigentlich ein Witz, denn er weiß, hier wird für ihn nichts zu holen sein. Aber versucht haben will er es.

Zehn Minuten später sitzt ihm die Beraterin gegenüber. Warum ein neues Konto?

Er sei nicht zufrieden mit dem alten Institut, sei auch, ja, in Schwierigkeiten geraten, das liege an einer etwas wilden Phase in seinem Leben, die man nun aber als überwunden ansehen könne.

Die Beraterin mustert ihn kurz und lächelt verständnisvoll und irgendwie sozial, ganz so, wie es dem Image der Bank entspricht. Mit seinem Ausweis auf der Tastatur checkt sie seine Kreditwürdigkeit. Ihre Gesichtszüge verhärten sich für einen Augenblick, womöglich gegen ihren Willen.

Und er, also, er brauche ein Konto mit Kreditrahmen, es gehe hier um dreitausend Euro, mehr nicht, wirft Anton, der Kunde, ein und weiß sich auf verlorenem Posten.

Die Beraterin nickt. Ein Guthabenkonto sei möglich, sagt

sie sanft. Ein Kredit momentan leider nicht, seine Schufa-
einträge sprächen dagegen.

Natürlich, das wisse er, sagt Anton und schnauft. Aber
ließe sich nicht vielleicht dennoch etwas machen? Es könne doch nicht angehen, dass er jahrelang ein guter, ehrlicher
Bürger war, der alle seine Steuern und Rechnungen gezahlt
hat, um nun wegen dreitausend Euro aus dem System gekе-
gelt zu werden, einfach so. Das könne doch nicht angehen!

So dramatisch würde sie es nicht darstellen, bemerkt die
Beraterin, aber ein Umschichten von Schulden sei eben
nicht vorgesehen, zumal die Schulden dadurch ja nicht verschwinden, sondern sogar noch wachsen würden. Wie es
denn zu dieser misslichen Lage gekommen sei?

Ja, sagt Anton, das sei eine lange Geschichte, das habe mit
seelischen Zuständen zu tun und mit Dingen, die jetzt zwischen den Stühlen hier nicht so einfach vermittelbar seien,
aber ob sie später Zeit habe, nach dem Dienst? Er würde ihr
gerne alles genau erzählen.

Die Bearbeiterin muss schmunzeln und winkt ab. Sie erinnert ihn an eine Bankangestellte in London, die ihm ihr
eigenes Geld leihen wollte, nicht in der Bank, aber später im
Hyde Park. Er war an den Schalter gegangen und hatte Geld
von seinem Konto abheben wollen, da der Automat ihm
nichts mehr gab, nachdem er in einer Clubnacht irgendeinen
Verfügungsrahmen gesprengt hatte. «You have been a bad
boy, a bad boy!», hatte die Engländerin zweideutig und fast
schon lasziv gesagt, ganz so, als wollte sie später noch Nutzen aus dieser seiner *badness* ziehen.

Später war er, als er auf sie wartete, im Hyde Park einge-
schlafen und verloren gewesen wie nie. Penner hatten ihm
helfen wollen. Er hielt sie für verkleidete Polizisten.

«Ja, dann das Guthabenkonto, bitte», sagt Anton und schmunzelt ebenfalls, um sich keine Blöße zu geben.

✳

Es klingelt und klopft. Denise steht da und will nicht aufmachen. Das Klopfen steigert sich zum Hämmern. Der Fernseher hat sie gewiss schon verraten, denkt sie und weiß nicht, ob es falsch oder richtig war, den Ton abzustellen. Durch den Spion zu lugen, traut sie sich nicht. Es klingelt wieder. Der Mann vor der Tür, denn es kann nur ein Mann sein, wird nicht weggehen, das ist klar. Denise ist panisch. Es klopft erneut. Am anderen Ende der Wohnung wacht Linda auf und schreit nach ihrer Mutter. Es hämmert, und jemand ruft Denisens Nachnamen. Okay, sagt sie sich, schon gut, ruft «Moment!» in Richtung Tür und «Es ist nichts, Süße!» in Richtung Tochter, um dann hörbar den kurzen Flur hinabzustampfen und Energie und Willenskraft durch die Dielen zu schicken. Durch den Spion sieht sie, dass es ihr Nachbar von unten ist, dessen Namen sie nicht einmal kennt. Fehlalarm. Wobei sie nicht wüsste, wie ein Alarm ausgesehen hätte.

Wasser komme durch die Decke, nuschelt der Nachbar aufgeregt und starrt sie durch seine überdimensionierte Brille an. «Na, im Bad!»

Zusammen eilen sie durch den Flur, während der Nachbar sich entschuldigt, dass er Denise bestimmt nicht stören wollte, aber wo es tropfe, tropfe es nun einmal. Im Bad ist nichts zu sehen. Ja, meint er, aber die Dusche könne dennoch verstopft sein, das Auffangbecken überlaufen, man sehe das dann nicht, und Denise solle doch einmal mit ihm nach unten kommen, sich die Bescherung ansehen. Im Treppenhaus ächzt der Nachbar bei jedem zweiten Schritt, murmelt etwas von Rücken und Bandscheibe, und Denise scheint es, als würde sie ihm jetzt schon viel zu nahe sein. Sie will nichts über ihn wissen. Seine Wohnung sieht nur halb eingerichtet aus, obwohl er schon länger hier wohnt als sie, ein paar Kartons mit Kabeln und Kleiderbügeln, eine verdreckte Schreibtischplatte und ein Sofa von Ikea, die Glühbirnen darüber nackt, wie es vielleicht bei Studenten schick ist. Im Bad steht ein Wäscheständer, der offensichtlich auch als Ablage für dreckige Kleider herhält. Die gelbliche, nässende Stelle an der Decke ist nicht zu übersehen, und Denise hat sofort ein schlechtes Gewissen. Der Nachbar wendet sich ihr zu und sieht sie an, murmelt etwas von Hausverwaltung und Klempner, aber sein Blick hat etwas seltsam Schamloses. Kaum einen Meter entfernt, fixiert er Denise, sie merkt es deutlich und kann seinen Blick nicht erwidern, starrt den nassen Fleck an der Decke an und hasst es, ihren Hals dabei freizugeben. Um ihn zu bedecken, schwenkt sie den Kopf in einer unnatürlichen Bewegung nach unten und sieht auf den siffigen Fliesenboden, wird sich dann ihres merkwürdigen Verhaltens bewusst und blickt ihm mit einem Ruck wieder in die Augen. Der Nachbar hebt eine Augenbraue, als hätte er das mal in einem Film gesehen und dann vor dem Spiegel geübt, und Denise kommt sich enttarnt vor.

Er ist einer von ihnen, denkt sie, er kennt mich von dort. Wo steht sein Computer? Wo sieht er mich, und wie oft? Hat er den Fleck am Ende selbst an die Decke gespachtelt?

Sie kümmere sich drum, verspricht sie schüchtern und will gehen. Der Nachbar taumelt ihr hinterher und bemerkt, er wolle sie ja nicht bedrängen, aber es müsse schnell etwas geschehen, damit der Schaden nicht noch größer werde, schnell. An der Tür nickt sie ihm zu, und er nickt zurück. Sein schmieriges Grinsen lässt sie fast ausspucken.

Ihr Vater sieht inzwischen aus wie ein halber Zigeuner. Die Haut ist vom Nikotin noch lederner geworden, die Falten und Runzeln haben Inzucht getrieben, die Augen sind schon fast zugewachsen vom ständigen Blinzeln. Er seufzt und setzt sich auf einen der Kneipenstühle, die er seiner Tochter geschenkt hat, nickt, nimmt einen Schluck Bier, raucht und schnauft. Nach drei weiteren Schlucken geht er mit Werkzeugkasten, Bierflasche und Kippe im Mund in Richtung Bad und verschwindet dort für zehn Minuten. Er will ungestört sein, signalisiert die geschlossene Tür. Es klirrt und rumpelt.

Nach getaner Arbeit wird das zweite Bier schon schneller gekippt, und die Augen des Vaters öffnen sich etwas mehr. Die inzwischen vierte Zigarette glimmt verdrießlich im Aschenbecher. Denise kann nichts dagegen sagen, weil er ihr geholfen hat. Er hat die Sache in Ordnung gebracht, nur Haare im Abfluss, sagt er, um den Rest wird sich die Hausverwaltung kümmern müssen. Er schnauft heftig, fast hört man die Polypen, die ihm das Atmen erschweren.

Als sie das Schweigen bricht und ihn fragt, wie es ihm geht, winkt er ab und deutet auf sein Knie: kaputt. Die Flohmärkte müssen derzeit ohne ihn stattfinden. Er ist gelernter Klempner, hat den Beruf aber schon lange Zeit an den Nagel gehängt und hält sich seit gut zehn Jahren als Trödler über Wasser. In seiner Wohnung und den Kellerverschlägen, die er besetzt hält, stapeln sich die Kisten und Möbelstücke, Ramsch aus Wohnungsauflösungen, der zu Geld gemacht wird, wo es nur geht. Gerade aber geht es nicht. Seit drei Wochen geht es nicht. Das Knie rebelliert. Es will nicht mehr.

Denise ist sich nicht sicher, ob es inzwischen nicht eine Art fixe Idee ist, wenn sie die Blicke der Männer auf Seltsamkeiten und Unregelmäßigkeiten abscannt. Jetzt sogar den ihres Vaters. Sie ist alarmiert. Das kann nicht sein, und was nicht sein kann, sollte sie nicht belasten. Es ist absurd, ihrem Vater dieses Wissen zu unterstellen. Und doch tut sie es schon automatisch, sie blickt dem Gegenüber vordergründig in die Augen, um das Gespräch aufrechtzuerhalten, aber in Wahrheit sucht sie hinter der Oberfläche eine zweite Schicht, eine geheime, versaute, sündenkundige Ebene, die sich in kleinen Blinzeleien und durchdringenden Blicken verrät, Erinnerungsflashs, vielleicht an ihre gespielten Orgasmen vor der Kamera. Sie glaubt fest, dass ihr Vater nicht weiß, was sie dort im Internet treibt. Nein, ihr Vater hat gewiss keinen blassen Schimmer. Und doch kann sie all die Symptome, die sie sonst so sicher sein lassen, auch bei ihm finden, die Fahrigkeit, die plötzlich stechenden Blicke, die Geilheit, die Verachtung. Also muss sie verrückt sein, denkt sie, oder auf dem Weg dahin. Letztendlich aber kann sie nichts ausschließen, gar nichts, alles ist möglich, weil alles öffentlich ist, es liegt da wie ein zigmal abgelichteter Leichnam, und plötzlich fühlt sich Denise gefangen in dieser Küche, mit diesem Vater, dessen Geilheit der Grund für ihre Existenz ist und dessen Geilheit sie genau jetzt bedrängt. Sie schlägt hektisch vor, in die Kneipe nach unten zu gehen, mit dem Babyphon, denn sie wolle jetzt auch ein Bier, nach dem Stress mit der Dusche, aber es sei keines mehr da, hier im Kühlschrank. Der Vater schnauft und nickt. Seine Augen sind wieder zu Schlitzen verengt. Er drückt die Kippe aus. Die Lunge rasselt.

Malenka hat Schicht, die vollbusige, blondierte Polin, die hinter der Theke regiert wie eine Gouvernante: «Mensch, Denise, lange nicht mehr da gewesen, und jetzt sogar mit dem Herrn Papa.» Denise weiß, dass Malenka sie nicht leiden kann, aber es ist nicht von Bedeutung, und sie spielt einfach mit beim Austausch falscher Freundlichkeiten. Malenka deutet fragend auf den Zapfhahn, und Denise winkt ab und bestellt einen Rum-Cola, ihr Vater gleich einen doppelten Whiskey. Aus der Jukebox dröhnt der Rummeltechno, *reiß die Hütte ab, reiß-die-Hütte-ab*. Zwei verwegene Gestalten hängen am Tresen, ein Mann, eine Frau. Denise kennt sie beide aus versoffenen Nächten vor Monaten, aber nicht beim Namen. Die Namen werden hier vergessen beim Trinken, die Schicksale eher nicht. Der Mann, eine hagere Gestalt, dem die Tattoos bis über die Wangen gehen, hat Kehlkopfkrebs und nicht mehr lange zu leben. Die Frau, ein Zwerglein mit verhutzeltem Gesicht, beschwert sich oft über ihre Kinder, die sie nicht mehr anrufen, und nach genügend Bieren beginnt sie immer, still zu weinen, es sei denn, ihr angeblicher Vater ist da, ein kaum älterer Gnom mit langem weißem Bart, der zahnlos auf die Ausländer schimpft, wo er nur kann. Wenn er da ist, weint das Zwerglein nicht, sondern schmiegt sich fast schon zärtlich an ihn, soweit ihre groben Bewegungen noch Zärtlichkeit hinkriegen. An einem der Ecktische schmettert ein Taxifahrer seine BILD-Zeitung auf, als sei das von weltpolitischer Bedeutung. In einer Sitznische sitzt einsam der leicht spastisch gelähmte Mittfünfziger, den Denise einmal eher aus Spaß «Mörder» nannte, als er ihr zu lange und zu böse in die Augen blickte. «Das ist doch so lange her», sagte der dann leise, und Denise wurde es ganz anders. Sie ignoriert ihn vorsorglich. Hinten am Billardtisch stehen die notorischen Touristen oder Studenten, die sich neuerdings in dieser Kneipe einfinden, wahrscheinlich wegen des Lokalkolorits.

«Ich zahle», ruft Denisens Vater und knallt sein Portemonnaie auf die Theke, entreißt ihm zwei Euro und geht stolzen Schritts zur Jukebox, um sie zu füttern. Er hat einen beachtlichen Musikgeschmack und kann der prolligen, basslastigen Schlagerauswahl immer wieder nostalgische Perlen abringen, die Kinks, die Eurythmics, Nancy Sinatra. Malenka bongt ein, und in Nullkommanichts stehen die Drinks da. Denise und ihr Vater stoßen an und kippen los. Zeit der Erleichterung. Das Babyphon blinkt friedlich.

«Hier, dieser Finger ist genau wie bei deiner Mutter», sagt ihr Vater und hält den Ringfinger von Denise zwischen Daumen und Zeigefinger.

«Leicht krumm», sagt er, «und du gehst auch genauso wie sie. Und dann dein verdammter Starrsinn. Wäre deine Mutter nicht so starrsinnig gewesen, wir wären jetzt in Hannover und hätten ein besseres Leben. Aber wir hocken hier», er macht eine ausladende Geste, «und haben das, was wir haben.»

Denise muss grinsen, dabei hasst sie es doch, wenn er wieder von ihrer Mutter zu reden beginnt, und von den angeblichen Ähnlichkeiten. Aber es ist ihr auch egal inzwischen. Hauptsache, er spricht nicht von seiner neuen und wieder neuen Freundin. Immer gibt es eine neue Freundin, jedes halbe Jahr, und jedes Mal hat Denise den Eindruck, es ist genau dieselbe Person, auch wenn sich die Namen ändern, aber Namen sind Schall und Rauch, weiß sie, auch in diesem Etablissement, wer gestern Patrick hieß, heißt heute Ralf.

Neben Denise sitzt Wolle, der nicht Wolle genannt werden will, ein Taxifahrer, dem ebenfalls ein paar Zähne fehlen, mit schütterem Zopf und einer Leidenschaft für Kreuzworträtsel und Frühbiere. «Du hast das gesagt mit den Tieren, die im Meer leben und an Land gebären», behauptet Wolle, und Denise hat keine Ahnung, wovon er redet. «Doch, doch, du warst das, mit der Schildkröte, mit den Robben, und jetzt sitz ich vor ein paar Tagen am Neptunbrunnen, da wo der nackte Irre erschossen wurde, und schaue mir die Tiere an, die den Neptun von außen bespritzen, und das sind alles Tiere, die im Wasser leben und an Land gebären. Da habe ich gestaunt und an dich gedacht», sagt Wolle und blinzelt etwas tumb, «aber diese einen, wie heißen die denn, diese komischen, die ich unheimlich schön finde, Leguane, oder wie? Das sind so eine Art Echsen.» Denise weiß nichts zu sagen, sagt nur «ja, das sind Leguane, glaube ich», und Malenka schreit «Gunnar, auch noch eins?», und Wolle wendet sich wieder seinem Kreuzworträtsel zu.

«Darf ich bitten», fragt Denisens Vater dann charmant, er war auf dem Klo und hat die Jukebox erneut traktiert, und Denise sagt ja, nach dem dritten Rum-Cola, und so tanzen sie zwischen den Barhockern und Kneipentischen kurz zu Falco. Irgendwo glitzert so etwas wie eine Discokugel oder eine Art Scheinwerfer mit verschiedenen Farben, die durcheinandergewirbelt werden. Die Musik trägt sie kurz davon, und sie kann sich tanzend an ihren Vater anlehnen, ohne dass es sich unangenehm anfühlt.

Drei Drinks später ist alles wie ein Spaß, der nie aufhören wird. Die Musik geht Denise gut in die Beine, der Kopf hat abgeschaltet. Sie weiß, es wird enden, aber es fühlt sich kurz so an, als ginge es immer weiter. Ihr Vater tanzt mit der Putzfrau, die geschmeichelt kichert, und drüben haben die Studenten oder Touristen oder Künstler oder Kunststudenten eine Pause beim Billard eingelegt, um sich zu unterhalten und weiterzutrinken. *Expats* heißen die, wenn sie aus Spanien oder den USA sind, denkt Denise und merkt, dass einer dieser Expats sie schon länger im Blick hat und mit seinem Freund über sie tuschelt. Sie streckt die Brust ein wenig raus und gibt sich die kühlste Fass-mich-nicht-an-Miene, die sie draufhat, den tödlichen Blick, den sie früher vor dem Spiegel geübt hat: rohe Abweisung, die für Interesse sorgt.

«Noch einen Rum-Cola, bitte», sagt sie.

«Den musst du aber selbst zahlen», sagt Malenka und nickt in die Richtung, wo gerade noch ihr Vater und die Putzfrau getanzt haben. «Sind abgezischt, mit schönen Grüßen», sagt Malenka, und Denise versteht nicht, wie schnell die Zeit vergehen kann, wie unaufmerksam sie schon ist, gerade war es noch zwei, jetzt ist es schon vier und tiefe Nacht, und ihr Vater ist weg.

Als Malenka ihr den Drink hinstellt, steht der Spanier oder Italiener neben Denise und sagt auf Englisch, dass der auf ihn gehe, wenn sie ihn richtig verstanden hat, und Denise sagt «who the fuck are you», und der Spanier oder Italiener sagt «Gonzo», was Denise auch nicht weiterbringt, aber immerhin sagt sie «hi, I'm Denise.»

Sie reden miteinander, aber eher körperlich als wirklich mit Worten, wobei Denise genau merkt, dass sie wohl nichts mehr als eine Wette ist, denn Gonzos Kompagnons verfolgen sein Gehabe und scheinen die Fortschritte zu kommentieren. Kurz tanzen sie miteinander, Denise und Gonzo, und er will sexy sein, windet sich mit dem Takt und macht ganz auf Latin Lover, aber Denise muss lachen und sagt «you are so wrong», greift sich den Drink, macht eine Abschiedsgeste zu Malenka und torkelt aus dem Laden.

Als sie den Hinterhof ihres Wohnhauses überquert, regt sich plötzlich ein unförmiger Schatten rechts von ihr, sie erschrickt fürchterlich und ruft «huch!» oder «hoppla!», wie ein ertapptes Kind, dem vor Schreck die Worte abhandenkommen.

«Keine Angst, nicht erschrecken», lallt der Schatten, und sie erkennt, dass es ihr Nachbar von unten ist, dessen Namen sie nicht kennt und dessen Wohnung sie nie kennen wollte. Er sitzt dort mit einer Flasche Whiskey-Cola oder Rum-Cola oder Korn-Cola und hält seine Privatparty ab.

«Ich sitze hier nur und feiere, keine Angst», sagt der Nachbar. Seine Brillengläser scheinen matt, die Augen sind nicht zu erkennen.

«Sie haben mich erschreckt», sagt Denise und versucht, ein versöhnliches Lachen hinzubekommen.

«Keine Absicht», brummt er freundlich. «Sie haben wohl auch gefeiert, was?»

«Ein wenig», erwidert Denise und merkt, wie wenig bedrohlich der Schatten eigentlich ist. Ihr Nachbar ist nur ein gelangweilter Arbeitsloser, der einen Wasserschaden zu melden hatte. Von ihm geht keinerlei Gefahr aus.

«Ist es jetzt weg, das Wasser?», fragt sie.

«Ja, es suppt nicht mehr nach.»

«Ich habe das gleich machen lassen.»

«Danke sehr.» Er prostet ihr mit der Colaflasche zu und nickt.

«Nicht dafür.»

Fast möchte sie sich zu ihm setzen, aber das wäre fehl am Platz.

«Dann wünsche ich Ihnen eine gute Nacht. Und bloß keine Träume.»

«Danke.»

Sie geht weiter, dreht sich noch einmal um. «Wieso denn keine Träume?»

«Ach, nur so gesagt.»

«Nur so?»

«Ja, na ja. Das Problem ist nicht das Leben. Das Problem sind die Träume, verstehen Sie? Das Problem sind nur die Träume.»

Dann setzt er die Flasche an, nimmt einen tiefen Schluck und summt eine betrunkene, leise Melodie. Schon hat er sie und sich vergessen.

Oben in der Wohnung hört Denise eine gebrannte CD mit Schlagern aus ihrer Kindheit, Milva, Gitte Hænning, Nino de Angelo. Sie setzt sich vor den Computer und geht, genüsslich am Rum-Cola nippend, auf die Pornoseite, wo sie ihren Pornonamen «Nadine Laval» in die Suchmaske eingibt und sich dann erneut die eigenen Clips ansieht. Gar nicht schlecht, findet sie, wäre sie ein Mann und nicht sie selbst, sie würde sich vielleicht jetzt auf diesen Porno einen runterholen. Sie gibt sich die Höchstzahl an Sternen, liest die Kommentare, die sich nur positiv über sie auslassen, und fühlt sich gut und gewollt. Schon über zwanzigtausend Mal wurde der Film angeklickt und angesehen. Es macht sie stolz. Sie kippt den Rest des Drinks hinunter, schreibt unter dem Pseudonym Gonzo die Sätze «Who is that nadine chick? She is hot! We want more!» in die Kommentarspalte und legt sich in Klamotten aufs Sofa schlafen. Ihr fällt ein, dass sie das Babyphon unten vergessen hat, aber das ist nicht schlimm, sie ist ja da jetzt und hört und sieht, wenn es sein muss, alles.

✳

«Garcong!»

Anton macht es wie in Pulp Fiction. Er ruft nochmals: «Garcong!», denn er möchte gerne zahlen. Ja, sehr gerne möchte er zahlen, er tut das nicht nur aus Zwang, es ist ihm ein inneres Bedürfnis, hier und jetzt seine Rechnung zu begleichen. Denn zahlen muss sein, am Ende.

Dieses Restaurant ist auch nur ein Edelpuff, denkt oder sagt er, eine Nobelkaschemme, die auf Schwarzwald tut und letztlich nur den dumpfen Szenies einen weiteren Hotspot andienen will. Anton wischt sich genüsslich den Mund mit der Serviette ab und legt diese dann fein gefaltet auf den Teller, auf dem vorher noch ein riesiges, zartes Schnitzel lag. Jetzt rumpelt es in seinem Magen. So gediegen und viel hat er schon lange nicht mehr gegessen. Er ist sich nicht sicher, ob man ihn hier noch kennt. In diesem Restaurant, wo er nun Rhabarberlimonade trinkt, hat er in jenem verrauschten Sommer öfter gesessen und sich einen durchaus schlechten Ruf erarbeitet, durch Herumpoltern und unerwünschtes Flirten, durch Selbstgespräche und aufgedrängte Diskussionen. Doch der Kellner lässt sich nichts anmerken. Ohne eine Miene zu verziehen, legt er die Rechnung im Lederumschlag auf den Tisch und entschwindet wieder. Anton rundet großzügig auf und empfiehlt sich.

Anton ist jetzt ein Lebenskünstler. Als solcher muss er sich inszenieren, um überhaupt noch aufrecht gehen zu können, um die Last nicht so erdrückend auf den Schultern zu spüren. Und was ist schon Geld? Papier, nichts als Papier. Geld ist virtuell, sie spekulieren alle drauf und scheitern oft, es sind Zahlenspiele, es ist Roulette, es ist nichts, nichts, nichts. Alle, die noch an die Rente glauben, müssen Idioten sein. Alle, die auf die Zukunft wetten, auch.

Mit befreitem Schritt poltert er die Straße entlang, raucht zur Verdauung und Neutralisierung des Geschmacks im Mund eine schnelle Zigarette. Auf der anderen Straßenseite erkennen ihn ein paar Penner, er winkt zurück, sie feixen und mokieren sich über seinen schniekEn Aufzug, sein gestriegeltes Äußeres. Anton bindet sich eine imaginäre Fliege um und zeigt mit Daumen und Zeigefinger an, dass alles perfekt ist. Die Penner müssen lachen und prosten ihm zu und spornen ihn an, «nur weiter so, Junge, nur weiter.» Sie sind besoffen und zufrieden. Anton will aber noch nicht trinken. Anton will die zweite Station seiner Reise antreten. Er überlegt, wen er besuchen soll, bevor er wieder verwahrlost, und entscheidet sich, obwohl es ihn traurig machen wird, für seine Mutter.

«Zickenzone» steht auf dem Fußabtreter, und Anton will angesichts dieses faden Witzes sofort wieder Reißaus nehmen. Aber da steht sie schon im Türrahmen, klatscht in die Hände und freut sich wie ein Kind über den seltenen Besuch.

«Anton», ruft seine Mutter, «was für eine Überraschung! Komm herein, was willst du essen!»

Die Wohnung, die einst Krebs hatte, sieht jetzt aus wie in Agonie erstarrt. Staub hat sich auf die Massen an Kränzen, Plastikblumen und Kerzen gelegt, ein paar verglaste Bilder haben Sprünge. Es wird nichts mehr repariert. Antons Mutter eilt im Trainingsanzug zur Küche und will ihm sofort ein Plastiktütchen Orangennektar anbieten – oder lieber ein Bier? Anton winkt ab und setzt sich an den zerkratzten Lacktisch.

«Was möchtest du», fragt die Mutter, «Dilleier, Hühnerfrikassee, Schnitzel?»

«Ich habe schon gegessen», seufzt Anton und verflucht die Entscheidung, hierhergekommen zu sein.

«Du musst etwas essen», beharrt sie, «ich habe alles eingefroren, das dauert fünfzehn Minuten, dann ist es fertig.»

Anton weiß, dass sie nicht aufhören wird, ihn damit zu nerven, also gibt er schnell nach und bestellt Dilleier. Die gibt es nirgendwo anders, kommt ihm vor, und wenn, dann heißen sie Senfeier und schmecken wässrig oder versalzen. Mutters Küche also wieder, denkt er und schmunzelt, ohne dass sein Gesicht sich regt.

Die Elektroschocks haben ihren Tribut gefordert. Als letztes Mittel gegen die Depression kamen sie zum Einsatz, da keine Chemikalien mehr helfen wollten, und haben den Geist von Antons Mutter gleichzeitig geheilt und zerstört. Geheilt von den Depressionen, ja, aber zu welchem Preis: Die Denk- und Redestrukturen wurden erst aufgeweicht und dann angeätzt, und was vorher als leichte Zerstreutheit und liebenswerte Einfachheit angesehen werden konnte, ist jetzt bloße Regression ins Infantile und Formlose. Die Rede kommt vom Hölzchen aufs Stöckchen, vom Hundertsten ins Tausendste und gruppiert sich nur unzusammenhängend um dieses trotz allem so starke Ich, das sich renitent und querulatorisch durch seine schlichte Welt bewegt. Und das mit Anfang sechzig. Aber es geht ihr verhältnismäßig gut, und Anton hält es hierbei so wie mit den Gläubigen: Er glaubt zwar an keinen Gott, aber wem es etwas bringt, bitte.

Werdet glücklich mit eurem Kinderglauben. Auch du, Erzeugerin, auch du. Denn gesegnet sind die Naiven, und die Versengten, sie werden nicht mehr brennen müssen.

Aufgescheucht hetzt Antons Mutter vom Herd ins Bad, um sich die Haare zu richten, stolpert dann zurück zu Mikrowelle und Ofen, während sie Anton erzählt, was Frau Scheffler und Frau Obderbeck in der Firma wieder gegen sie eingefädelt haben, welche Kleidungsstücke gerade bei Aldi im Angebot sind, und wie unerträglich sie die eine Talk-Moderatorin findet, deren Name ihr gerade nicht einfällt, die Frau von dem einen Schauspieler mit den grau melierten Haaren. Der Fernseher quatscht von der anderen Seite auf Anton ein, er stellt ihn leiser.

«Mach ruhig aus», sagt sie und «gut siehst du aus, woher hast du denn das Jackett?»

«Das ist ein Anzug», sagt Anton, «den habe ich mir gekauft, aber billig, bei Humana.»

Sie strahlt. Sie würde ihm jetzt gerne einen Kuss geben, das weiß er, und er weiß, dass sie weiß, dass er es nicht zulassen kann, aus Abscheu, Distanz, Überdruss.

«Es geht dir besser, oder?», fragt sie, und bevor er antworten kann, sagt sie, dass sie es wusste, nach jedem Tal kommt eine Höhe, auch bei ihr sei das so gewesen. Dann geht es wieder um Frau Obderbeck und Frau Scheffler, und überhaupt, auch um ihre Vorgesetzte Frau Mollenhauer, aber sie lasse sich nicht mehr piesacken, die Zeiten seien vorbei. Gut sehe er aus, ruft sie ihm nochmals über die Schulter zu. Schließlich stellt sie ihm die Dilleier hin.

«Nicht so gut gelungen sind mir die», sagt sie, «aber fürs Erste wird's reichen.»

Anton lauert. Irgendwann muss die Rede aufs Geld kommen. Aber wann? Bald lassen sie sich vom Abendprogramm bestrahlen. Anton kennt das seit Jahren und lässt es über sich ergehen. Er sieht, wie seine Mutter es bei keinem Programm mehr als fünf Minuten aushält und ständig weiterzappt, nah am Leben sein will, wie es die Boulevardmagazine ihr suggerieren. Sie bleibt bei Talkshows hängen, bei den Realdokus, die sie für voll nimmt, bei den Psychodramen, die sie mit dem eigenen Schicksal vergleicht, aber nur kurz, nur im Vorübergehen. So zappt sie seit Jahrzehnten. Anton wartet und wartet und wagt es noch immer nicht, die dreitausend Euro anzusprechen. Ob er es überhaupt versuchen soll? Sie hat nicht viel Geld, vielleicht könnte sie ihm gar nicht aushelfen, und er würde nur die Hysterie wecken, die ihr immer noch unter der Haut kribbelt, jede Sekunde. Besser, er lässt es. Er löffelt einen Pudding, fühlt sich in seine Kindheit zurückversetzt und schweigt folgerichtig.

Sein altes Zimmer dient inzwischen als Abstellkammer für Leitzordner, Ramsch und überflüssige Kleidung in Massen. Hier ist nichts von dem geschehen, was eine normale Jugend ausgemacht hätte. Kein Biertrinken mit Jungs, kein Rummachen mit Mädels, keine Andeutung auch nur irgendeines Exzesses. Alles ausgelagert und weggescheucht von einer Hysterie, die immer das Beste wollte und nur das Schlimmste erreichte. Anton legt sich auf die zu weiche Matratze, die nach Staub und Parfüm riecht, und versucht zu schlafen. Es gelingt, aber er schläft miserabel, mit eingedrehtem Arm, in klischierter Embryonalstellung und permanent schwitzend.

*

Etwas kitzelt, erst in der Nase, dann um den Mund. Ein zotteliges Dings, eine Federboa, ein Monster? Denise erschrickt, reißt die klebrigen Augen auf. Linda liegt neben ihr und spielt mit den Haaren ihrer Mutter, steckt sie ihr in Nase und Mund und kichert. Denise fährt hoch, ihr fällt die lange Nacht ein, sie sucht ihr Handy, die einzige Uhr in der Nähe, und atmet auf, als sie sieht, dass noch Zeit ist, wenig zwar, aber Zeit. Sie gibt Linda einen Kuss und fragt sie, ob sie noch kurz in ihr Zimmer gehen kann. Linda bejaht mit der Bedingung, dass sie Schokostreusel aufs Brot bekommt und keinen Honig. Denise gibt nach, muss sogar lächeln und bemerkt beim Aufstehen ihren stechenden Kopfschmerz.

Der Kopfschmerz begleitet sie bis in den Supermarkt, wo sie das Kühlregal mit Wurstpackungen bestücken muss, bevor gegen neun der erste Morgenschwall an Kunden kommt. Es riecht nach Putzmittel in der Filiale, und Denise wird fast schlecht. Sie kaut Kaugummi und trinkt hinten im Personalbereich alle zehn Minuten stilles Wasser aus einer Plastikflasche. Das Amphetamin, das sie zuhause genommen hat, hat eine klärende Wirkung auf ihren Kopf. Alles ist erträglich. Dann schellt es aus dem Kassenbereich, Herr Fricke drückt die Klingel zweimal und zeigt damit an, dass zu viele Kunden warten und eine weitere Kasse geöffnet werden muss. Denise nickt, stampft geräuschlos zur Kasse und öffnet sie. Die Schlange ist schon da.

Ein Kind wirft sich auf den Boden und heult. Die Mutter versucht, es wieder hochzustemmen, aber die Marionette will nicht stehen. Ein Betrunkener torkelt sichtlich, sagt kein Wort. Die anderen Kunden halten einen Sicherheitsabstand. Denise arbeitet alles ab. Eine Tonne an Produkten ist es schätzungsweise, die sie in einer Stunde hochhebt, da der

EAN-Code sich meist auf der Unterseite befindet. Ein Kollege hat das angeblich ausgerechnet. Und ja, das wird alles wegprozessiert. Von den Münzen bleibt eine Kupferschicht auf den Fingerkuppen, die sich später kaum abwaschen lässt.

Bald ist der erste Kundenschub abgearbeitet. Denise nickt Herrn Fricke zu, der zurücknickt, dann schließt sie die Kasse wieder und geht in die Lagerhalle, trinkt Wasser und verfrachtet zehn Lagerkisten Wurstpackungen auf dem zitternden Wagen.

*

Als Anton aufwacht, ist seine Mutter schon in der Firma, bei Frau Mollenhauer und Frau Scheffler, bei Intrigen und Mobbing, wobei längst nicht mehr klar ist, ob die Intrigen und das Mobbing wirklich oder nur eingebildet sind. Sie fährt meist früh zur Firma, weil da noch wenig zu tun ist und die Zeit für sie dennoch heruntertickt. Gefeuert werden kann sie mit ihrem Behindertenstatus kaum mehr; die Personalabteilung toleriert ihre letzten beiden Jahre vor der Rente, um kein Aufsehen zu erregen. Es lohnt sich einfach nicht.

Das Frühstück für Anton steht auf dem Tisch, belegte und mit Petersilie verzierte Brötchen, darüber Frischhaltefolie. Anton kommt sich schäbig vor, setzt sich träge auf seinen alten Platz, macht den Fernseher an und zappt durch die Kanäle. Er versteht nicht, was für ein Charakterschwein er ist; er versteht vor allem nicht, warum er denkt, dass er eines ist. Das Frühstücksfernsehen läuft, farblich komplett übersteuert, die Moderatoren grinsen ohne Grund und Anlass. Anton fühlt sich immer mieser. Weder hat er es geschafft, seine Mutter nach dem Geld zu fragen, noch, sich zu verabschieden. Ich bin ein Arschloch, ich bin tot, denkt er und kaut auf einem Brötchen herum. Die Trägheit der Pubertätsjahre hat ihn wieder ergriffen. Urteil: lebensuntüchtig, lebenslänglich. Wie lange wird er nun auf diesem Korbstuhl sitzen? Zur Kontrolle steht er kurz auf. Es geht noch. Also kann er auch gleich stehen bleiben und losgehen. Er lässt das Frühstück liegen und schleicht ins Schlafzimmer seiner Mutter.

Im Bettkasten liegt die Kiste mit dem Schmuck, zwei Metallechsen darauf, völlig verstaubt. Anton schiebt die Kissen beiseite und hebt die Schmuckkiste aufs Bett. Die Idee hat er schon seit Jahrzehnten. Wird seine Mutter es überhaupt merken? Und welches Schmuckstück soll er denn nehmen? Anton kann das richtige vom falschen Gold nicht unterscheiden. Das meiste ist doch nur Modeschmuck, der schwer tut, denkt er. Nur die Rolex, die ist unumstritten echt. Er nimmt sie in die Hand und wiegt sie bedächtig, dieses hässliche, protzige Ding, das seine Mutter den hässlichen, protzigen Achtzigern abgetrotzt hat. Eine Affäre namens Siegfried, die fast zur Drittehe geworden wäre, hatte die frische Liebe mit diesen beiden Prollsymbolen des Wohlstands besiegelt, Rolex Oyster männlich und weiblich. Bald war Siegfried aber weg, und Antons Mutter blieb nichts als ebendiese Uhr und eine weitere Depression, in deren Verlauf der noch nicht zehnjährige Anton sie wieder mal gehörig bepartnern musste.

Das plumpe Silber und Gold, selbstbewusst ineinandergewirkt, und ein kleines, klobiges Glasauge, welches das Datenfenster vergrößert, geben dieser Rolex eine Fremdheit, eine Vergangenheitsschwere, fast schon die Sündigkeit von Beutekunst. Wie viel würde Anton für dieses Ungetüm überhaupt bekommen? Auf dem Computertrumm in seinem alten Zimmer checkt er, nachdem Hochfahren und Onlinegehen eine Ewigkeit gedauert haben, die Angebote bei eBay, und es ist nicht recht ersichtlich, was das Modell Oyster, das es anscheinend das ganze zwanzigste Jahrhundert lang gab, abwerfen kann, die Preise reichen von fünfhundert bis zwölftausend Euro. Sechstausend für die seine (denn er sieht sie schon als die seine an), das müsste doch drin sein?

Anton wirft die nicht gegessenen Brötchen in den Abfall, spült Teller, Tasse und Messer ab, macht einen Knoten in die Mülltüte und schreibt auf einen Zettel: «Verzeih bitte, liebe Mama, aber ich bin in einer Notsituation und musste die alte Rolex mitnehmen. Ich werde sie Dir bald ersetzen. Bitte unternimm nichts. Ich kümmere mich um alles. Dein Anton.»

Nachdem er den Müll unten in die Tonne geworfen hat, blickt er kurz in die Sonne, was angeblich blind machen soll, so jedenfalls sagten die Leute in seiner Kindheit. Er blickt, so lange er nur kann. Dann geht er zurück zur Haustür und holt den Schlüssel hervor, den er für alle Fälle mitgenommen hat. Oben in der Wohnung steckt er den Zettel ein und legt die Rolex zurück in die Schatulle. Er schreitet noch einmal durch die Wohnung, als ob er sie nie wieder sehen würde, und schreibt eine neue Nachricht: «Danke für das Frühstück. Wir schaffen das schon. Bis bald.»

Dann hängt er den Schlüssel ans Brett, zurück zu den anderen Schlüsseln, die längst jede Funktion verloren haben, weil keiner mehr weiß, zu welchen Schlössern sie je gehörten.

*

Diesmal hat Stanley einen Anzug an, schon leicht ramponiert, aber einen Anzug. Die Haare sind kürzer und dennoch verwuschelt, «out-of-bed» würde in der *Gala* stehen, wenn die Frisur denn Absicht wäre. Schlich Stanley vor ein paar Tagen noch durch die Gänge und kaufte meistens nichts, so wuchtet er jetzt auffällig laut den Einkaufswagen über die Fliesen. Flaschen hat er diesmal keine dabei. Was wohl in seinem Wagen landen wird?

Denise hat nichts zu tun und langweilt sich. Da kommt ihr der Typ, den sie heimlich «Stanley» nennt, gerade recht. Manchmal ist dieser Job eine einzige Überforderung, fünf Minuten später aber droht dann wieder die größte Langeweile und Leere, und die Zeit wird zum Feind. Da ist jeder Zigarettenkäufer willkommene Ablenkung, oder eben skurrile Ausnahmeerscheinungen wie dieser Stanley, der nicht einzuordnen und abzustempeln ist.

Als Stanley auf der Zielgeraden auf sie zusteuert, fragt sie sich, ob er vielleicht einfach nur angeben will. Aber vor wem? Vor ihr? Will er mit dem Champagner, der Dicke-Hose-Pizza mit Krabben und dem asiatischen Fischgebäck womöglich gerade ihr imponieren? Grinsend belädt er das Band, lässt sich Zeit, denn er ist der einzige Kunde an der Kasse. Einzeln fahren die Produkte auf Denise zu. Sie merkt, dass er auf etwas aus ist. Hat er bemerkt, wie sie ihn beobachtet? Sie versucht ein Lächeln und zieht die Pizza über den Scanner. Sie zieht das Gebäck über den Scanner, den Lachs, den Meerrettich, die Pralinen. Sie zieht den Champagner über den Scanner. Stanley grinst, sie kennen sich, irgendwie. Sie gibt sich einen Ruck.

«Gibt es etwas zu feiern?», fragt Denise.

«Ich hoffe doch!», ruft Stanley.

«Na, dann alles tutti», sagt Denise und denkt, damit sei das Gespräch schon wieder gelaufen. Sie zieht die ungarischen Würste über den Scanner und tippt auf Gesamtsumme.

«Eigentlich nicht», nimmt Stanley den Faden wieder auf, «also, es gibt keinen konkreten Anlass. Aber es ist Wochenende, ich habe Geld übrig, also sollte ich auch mal wieder feiern. Oder nicht?»

«Klar!», lächelt Denise und nennt den Betrag. Stanley nestelt in seinem Portemonnaie herum, das schon auseinanderfetzt, und fischt einen Beleg hervor.

«Und das hier bitte auch.» Es ist ein Pfandzettel, von Regen oder Schweiß verwaschen, aber erkennbar aus diesem Laden. Ein Euro acht.

Denise hält den Scanner gegen den Code. Es passiert nichts. Sie macht es noch mal. Der dunkle Fehlton ist zu hören.

«Kann ich jetzt nicht annehmen. Die Maschine sagt nein.»

«Aber der ist von hier. Steht doch drauf.»

«Ja, aber der Strichcode ist nicht mehr lesbar.»

«Also sagt die Maschine uns, was lesbar ist und was nicht?»

«Ja.» Denise grinst, aber sie fühlt sich unbehaglich. «Ist ja nur ein Euro.»

«Ja, nur ein Euro. Aber *mein* Euro!»

«Entschuldigen Sie, aber ich darf den jetzt nicht annehmen. Nachher ist der Chef wieder da, dann können wir das schnell machen.»

«Der Chef. Der Chef und die Maschinen. Alles klar.» Stanley gibt auf und kramt weiter in seinem Portemonnaie.

«Kommst du dir hier nicht beobachtet vor?», fragt er plötzlich, während er den Geldbetrag zusammenstückelt.

«Was?» Denise fährt innerlich zusammen. Erstens wird sie nicht gerne geduzt, schon gar nicht von verschleppten Studenten, und zweitens – was hat er gesagt?

«Ja, nichts von den Skandalen mitbekommen? Die beobachten euch und uns doch alle durch ihre kleinen, versteckten Kameras. Jeder Cent wird observiert. Noch nicht gewusst?»

Denise atmet auf. «Ach so. Mir egal. Ich bin korrekt. Sollen sie doch.»

«Ich bin auch korrekt, ursprünglich», grinst Stanley. «Und mir ist die Privatsphäre inzwischen auch herzlich egal. Genau, sollen sie doch.»

«Eben», sagt Denise.

«Falls du mitfeiern möchtest – ich wohne gleich um die Ecke.»

«Tz.» Aber lächeln muss sie.

«Anton», stellt Stanley sich vor.

«Denise», sagt Denise.

Sie schütteln einander die Hände, über den Scanner hinweg, sodass es sich wie eine Grenzverletzung anfühlt. Dann verabschiedet Anton sich mit einem «Wir sehen uns» und tänzelt aus dem Laden.

Denise sieht ihm hinterher. Ein Verrückter also, mehr nicht. Ein Anton, kein Stanley. Ein verrückter Anton in Feierlaune, mit einem Euro weniger in der Geldbörse. Bald wahrscheinlich wieder verschwunden aus dieser Gegend mit den halbbürgerlichen Häusern, wie so viele, die im Obdachlosenheim Station machen. Denn dass er daher kommt, ist ihr jetzt klar. So einer wohnt hier nicht freiwillig. So einer strandet nur und wird dann von der Flut oder Ebbe der Ereignisse wieder weggeschwemmt oder ausgetrocknet. Arme, hübsche Sau.

✳

Die Pizza war gut, der Saft war gut, die Pralinen waren auch gut. Nur, mit dem Essen geht es Anton wie mit dem Sex: Erst ist es dringlich und nötig, doch ist der Hunger gestillt, fragt er sich: Musste das jetzt wirklich sein?

Jetzt liegt er beschwert auf dem Bett, das sich fremd anfühlt, und hört zu, wie Harald Schmidt auf YouTube die Formen und Funktionalitäten bestimmter Türklinken diskutiert. Draußen auf dem Gang zetert der Gnom namens Hansi, und keiner weiß, warum. Hansi ist kaum eins dreißig groß und auch sonst völlig verwachsen, sein Gesicht wie mit dem Hohlspiegel verzogen, die eine Schulter hängt zwei Etagen tiefer als die andere, dahinter wölbt sich ein echter Buckel hervor. Er sieht zerbeult aus, als habe ihn früh ein Hammer zusammengestaucht, und tatsächlich wurde er als Kind vom Vater brutal misshandelt, wie er einmal in einem ruhigeren Augenblick andeutend erzählte. Aber er verhält sich leider auch völlig unausstehlich, stößt mit spitzer Stimme «Scheiße! Scheiße!» aus, wo er auch geht und steht, und Anton bewundert immer wieder Sonjas Langmut, die sich selten aus der Fassung bringen lässt, auch wenn sie es hier offensichtlich mit einem schrecklichen Infant von dreißig Jahren zu tun hat. Dann wird es still, das YouTube-Video ist durch, und Hansi macht einen anderen Gang im Heim unsicher. Anton döst und träumt, dosiert den Schlaf. Er ist dankbar um jede Minute in diesem Schwebezustand zwischen

Wachsein und Wegsein. Alles ist abgerundet und weichge-
zeichnet, die Gedanken tanzen schon in den Traum hinein,
aber Anton weiß noch, er ist da. Mit zusammengekniffenen
Augen verfolgt er das nächste Video und versteht nur noch
einzelne Fetzen, die ihn nichts mehr angehen. Dann schläft
er ein, und bald werden die ersten Apnoen ihn heimsuchen.

Der Champagner ist noch kalt, die Flasche schwitzt prächtig,
die Ikeagläser funkeln, blitzblank geputzt. In der Abendson-
ne strahlt der Supermarkt die Hitze des Tages ab, letzte Kunden scheppern mit ihren Einkaufswagen über den Parkplatz.
Anton sitzt auf einer Bank und wartet. Kann sein, kann
nicht sein, dass Denise Lust hat, mit ihm anzustoßen. Einen
Versuch ist es wert. Noch nie hat er eine Kassiererin gedatet.
Dabei hing er in seiner Kindheit nur mit Arbeiterkindern ab,
denn er war ja selbst eines. Aber das blendende Abitur und
das angefangene Jurastudium haben ihn der eigenen Klasse
entrissen und – ja, was? Auf eine andere soziale Ebene geho-
ben? Einem unaufhaltsamen Aufstieg zugeführt? Nein, im
Ungefähren belassen, nirgendwo wirklich abgesetzt. Anton
ist der Klassenlose, was natürlich nicht stimmt, aber er fühlte sich schon immer so, ein Bastard zwischen den Schichten,
auf Adelsgesellschaften ebenso zuhause und verloren wie in
der Arbeiterkneipe. Denise allerdings findet er angenehm
und, ja, auch sexy. Das Katzige, Harte, Unnahbare an ihr reizt
ihn. Er könnte sich ein paar schöne Stunden mit ihr vorstel-
len. Oder mehr. Nur das Piercing müsste er ignorieren.
Als sie aus dem Supermarkt kommt, neben einer Kollegin,
sieht sie ihn gleich dort sitzen, verlangsamt kurz den Gang
und blickt herüber. Anton winkt, so selbstverständlich, als
seien sie verabredet. Sie tuschelt mit ihrer Kollegin, schüttelt

lächelnd den Kopf. Dann winkt sie zurück, aber distanziert, wie in einer Parodie. Beide haben gefärbte Haare, blondiert und knallrot, und sie reden nun miteinander, stecken die Köpfe zusammen wie auf dem Schulhof, lachen. Dann stakt die Kollegin davon, und Denise steht da und scheint mit sich zu hadern, ob sie zu Anton herüberkommen soll. Demonstrativ stemmt sie die Hände in die Hüften: Bürschchen. Anton winkt noch einmal und hebt die Champagnerflasche in die Höhe. Schließlich geht sie auf ihn zu.

«Was soll denn das hier werden?», fragt sie schnippisch.

«Feierabend», grinst er zurück. «Im wörtlichen Sinne.»

«Was?»

«Ein Abend zum Feiern.»

«Nee. Nee, nee, nee», wehrt sie ab.

«Ein Gläschen vielleicht? Jetzt bin ich schon extra zurückgekommen.»

Sie musterte ihn. «Du, ich habe eine Tochter zuhause. Die will auch ihr Gläschen.»

«Hol sie doch her!», schlägt Anton vor und lässt ungefragt den Korken knallen. Denise kiekst auf. Der Schaum schießt aus der Flasche. Anton fängt ihn mit den Gläsern auf.

«Voilà.»

«Na gut», sagt Denise. «Ein Glas.»

Aus der Nähe, ohne Kasse zwischen ihm und ihr, sieht Denise noch künstlicher aus. Das Piercing funkelt in der Sonne. Die Poren sind mit Schminke übertüncht, der Teint ist matt. Keine einzige Pickelnarbe zu sehen, und doch hat sie sich zugespachtelt. Wofür? Ihre Augen sind lebendig und scharf.

Anton merkt, dass er schon lange nicht mehr neben einer Frau saß, nicht auf diese offene, zugeneigte Art und Weise, als zwei Körper, die einander interessieren könnten. Die aufkommende Nervosität will er sofort bekämpfen, indem er sie wegzulächeln versucht. Das fühlt sich falsch an, aber drauflosreden will er auch nicht. Hat er denn am Ende, nach allem anderen, auch das Flirten verlernt?

«Wie alt ist denn deine Tochter?», fragt er.

«Sechs.» Sie lauert.

«Ah, Einschulung, ein schönes Alter», räsoniert Anton.

«Nein, sie wird später eingeschult. Ein Jahr später.»

«Oh.» Nach dem Grund traut er sich nicht zu fragen.

«Ja, sie hinkt ein wenig hinterher in der Entwicklung.»

«Ach, das sagt man doch bei vielen. Hat man von mir auch gesagt, im Kindergarten. Und dann, in der Grundschule, sollte ich plötzlich eine Klasse überspringen. Durfte ich aber nicht, weil ich angeblich auch zu sensibel war. Das wächst sich alles aus.»

«Und jetzt sitzt du hier.»

Das war eigentlich als Frage gemeint, denkt Anton, und er weicht ihr offensichtlich aus, wenn er sich jetzt über das feine Wetter, die milde Sonne, das angenehme Viertel auslässt. Ja, jetzt sitzt er also hier, und es ist schön. Denise scheint nicht dumm zu sein, sie erkennt seine Worthülsen und wartet einfach ab, bis er sich leer oder vielmehr in eine Leere hineingeredet hat, die dann keine weiteren Ausflüchte mehr bietet. Lass ihn reden, denkt sie wohl, bis er wieder etwas zu sagen hat. Anton lenkt ein.

«Aber eigentlich gehöre ich nicht hierhin. Ich weiß schon.»

«Und wo gehörst du hin?»

«Das ist die Frage.» Anton schiebt sich eine Strähne aus dem Gesicht. «Das finde ich gerade heraus.»

«Du wohnst hinten im Obdachlosenheim.»

«Sieht man mir das an?»

«Nein, aber –»

«Man sieht es mir an, klar. Sonst würdest du es nicht fragen. Und ich weiß, dass man es mir ansieht, ich bin ja nicht blöd.»

«Ich dachte es mir einfach. Du passt hier nicht hin.»

«Ich passe nirgendwohin, jedenfalls nicht für lange.»

«Und wie geht es dir da?»

«Den Verhältnissen entsprechend. Etwas hinterher in der Entwicklung. Wie deine ... ja, vielleicht wie deine Tochter? Ich meine, Entschuldigung, ich kenne sie nicht. Aber – Quatsch. Ich meine, vielleicht habe ich mir einfach selbst ins Bein geschossen und hinke jetzt so lange hinterher, bis alles verheilt ist.»

Denise betrachtet Anton ohne Argwohn. Irgendwie kommt er ihr vor wie ein ehemaliger Rapper, der vor einer Halfpipe, auf der kleine Skater ihre Tricks üben, über seinen Ausstieg aus dem Rapgeschäft schwadroniert, von der Sonne geblendet und dabei eitel zur Seite lugend, nicht ganz ehrlich im Versuch, die Fassade zu wahren. Wahrscheinlich hat sie etwas in der Art vor kurzem auf YouTube gesehen. Er hinkt also hinterher, denkt sie. Soso.

«Ich habe einfach Scheiße gebaut, und jetzt muss ich die Suppe auslöffeln. Und es fällt mir schwer.»

Damit gibt sich Denise fürs Erste zufrieden. Sie kennt Derartiges.

Themenwechsel. Ohne zu sehr ins Detail zu gehen, nimmt sie den Faden auf und erzählt von ihrer Tochter, von den Begutachtungen, den Ämtergängen, den tausend Terminen, die sie abklappern muss, nur um ein paar Förderstunden mehr in der Woche herauszuschinden und ihrer

Tochter gleichzeitig eine Art Behindertenstempel aufzudrücken. Wahrnehmungsstörungen habe ihre Tochter, sagt Denise, und von so was hat Anton noch nie gehört, aber er verbucht das nicht gleich unter Modekrankheit, unter ADHS und Burnout, den neuesten Blasen des menschlichen Symptompools, sondern versucht, es nachzuempfinden: die Größe der Welt im Auge des Kindes, das Unübersichtliche, die Formen und Farben, gegen die es läuft, an denen es sich stößt.

Anton war schon immer empathisch, was die Krankheitsbilder anderer angeht, so sehr, dass er die Symptome des Gegenübers bald schon bei sich zu bemerken meint, durch Übertragung und Aneignung, was selbstverständlich auch einen Zug ins Egozentrische offenbart. Fürsorge als Brandmarkung, Empathie als Egozentrik, die Fronten sind verwirrend heutzutage, denkt oder sagt er und nimmt einen weiteren Schluck. Sie schweigen. Er spürt die Sonne auf der Haut und empfindet sie nicht als Belästigung. Das Schweigen dauert etwas zu lange, und gleich sieht er die Skepsis wieder in ihr hochkommen, die Härte und Distanz, die sich solche Stadtschattengewächse früh aneignen. Vielleicht sollte er ihr noch etwas Alltägliches sagen, etwas, woran man anschließen kann.

«Gehst du manchmal aus?»

«Selten.»

«Und wohin?»

«Wenn ich dir das jetzt sage, stehst du aber nicht jede Nacht davor, oder?»

«Nein.»

«Selten, und wenn, dann ins Clark's.»

«Kenne ich nicht.»

«Ist auch nichts für dich.»

«Wer weiß. Bist du heute da?»

«Nein. Ich sage doch, selten.»

«Ich gehe gerade auch nicht mehr aus. Es gab eine Zeit, da bin ich viel ausgegangen, dann zu viel, viel zu viel.»

«Ich auch.»

«So viel, dass es mich aus der Bahn geworfen hat.»

«Drogen?»

«Nein. Anderes.» Er schweigt. So wird das nichts mit dem Unverfänglichen, Alltäglichen. Immer wieder kommt er auf seine Lage zurück.

«Ich habe einen Rechtsstreit mit der Deutschen Bank. Es geht um dreitausend Euro. Mehr nicht. Aber auch nicht weniger.»

«Die schulden die dir?»

«Ich denen. Aber ich kann nichts dafür. Oder doch. Schwer zu erklären.»

«Haben die wieder Scheiße gebaut, was.»

«Ja. Ich zwar auch, aber die auch. Egal.»

Denise denkt, gar nicht egal, aber sie will nicht nachbohren. Der Typ berührt sie, irgendwie.

«Wenn ich wieder mal ins Clark's gehe, kannst du ja mitkommen. Aber schön rasieren vorher», sagt sie.

Er lacht. «Klar! Aber die Augenbrauen kann ich so lassen, ja?»

«Wieso Augenbrauen?»

«Die werden doch gewachst neuerdings.»

Sie unterzieht ihn einer eingehenden Prüfung.

«Nein, die gehen. In der Dunkelheit fällt das eh kaum auf.»

Anton weiß, dass das keine wirkliche Aufforderung zum

gemeinsamen Ausgehen ist, sondern ein Kontaktangebot. So interpretiert er das jedenfalls.

Und beißt mit Vergnügen an.

Als Denise geht, zurück zu ihrer Tochter, den Wahrnehmungsstörungen, dem Anton völlig fremden Leben, fühlt er sich leicht. Er hat nicht geflirtet, und doch ist er ihr nähergekommen. Er hat so wenig wie möglich gelogen und gespielt. Denise hat ihn auf ganz eigene Weise berührt, und vielleicht beruht das auf Gegenseitigkeit. Kurz bevor sie um die Ecke des Supermarkts verschwindet, dreht sie sich noch einmal um und winkt. Er winkt zurück und fühlt sich wie in einem Film, einer Sommerromanze mit offenem Ausgang. Als er sie nicht mehr sieht, schenkt er sich ein weiteres Glas Champagner ein und ist in völligem Einklang mit sich, mit sich und dem Quader von Supermarkt dort drüben, mit sich und der Welt. Nur neues Handyguthaben wird er kaufen müssen. Das ist klar.

DRITTES KAPITEL

Sonjas Dackelblick ruht auf Anton und menschelt. Sie mustert ihn, ordnet ihn ein.

«Wie geht es dir denn», sagt sie.

«Was soll ich sagen», sagt er.

Der Blick der mitfühlenden Sozialarbeiterin. Ein Ruck, ein Vergeben. Und die Einladung zum Kaffee, die Anton nicht ausschlagen kann. Im Büro liegt alles ordentlich an seinem Platz, Kugelschreiber, Schere, Stifte, Tastatur. Sogar die chaotischen Notizen auf dem Tischkalender verströmen diesen Ordnungssinn. Anton weiß, es gibt wieder einiges zu besprechen, Forderungen müssen beantwortet, Strafbescheide abgewendet, mit Ämtern muss telefoniert werden, immer unter Sonjas sanfter Aufsicht. Sie kommt aus der Küche und stellt ihm den Kaffee hin, sinkt in ihren Bürosessel und sieht ihn großäugig an.

«Ich weiß, ich sehe nicht gerade gut aus», sagt er.

Das habe sie nicht sagen wollen, aber es stimme schon, antwortet Sonja. Immerhin sei er ja frisch gewaschen. Sie lacht versuchsweise.

Schweigen. Die Birken draußen rascheln im Sonnenschein. Anton versucht, die Gier, mit der er das Kuchenstück verschlingt, zu kaschieren.

«Also.»

Das Sozialamt müsse Antons Bedürftigenstatus verlängern, die Gläubiger müssten beschwichtigt und vertröstet werden, es sind etwa dreißig, und manche hätten bereits einen Titel und den Zwangsvollzug angeordnet. Die Gerichtsvollzieherin war tatsächlich vor drei Wochen schon da, Anton tat trotzig bis arrogant, eine Haltung, die er den meisten Offiziellen gegenüber an den Tag legt. Selbst gegenüber Sonja. Die legt ihm nahe, einen Wohnberechtigungsschein zu beantragen, damit er sich bei anderen sozialen Einrichtungen bewerben könne, eine Stufe höher, denn hier sei er ja auch irgendwie falsch. Anton nickt. Er macht ja alles, was Sonja sagt. Das unterscheidet ihn von den anderen Heimbewohnern. Anton tut arrogant, aber er ist sehr kooperativ, seit Sonja meinte, er müsse die Hilfe eben auch annehmen, sonst bringe das alles nichts.

Der Gerichtstermin ist in einer Woche. Antons Zustand schwankt zwischen Nervosität und Gleichgültigkeit. Er hat inzwischen einen großen Trotz gegen das Leben entwickelt, eine Egalheit, die ihn schützt, und doch spürt er das Bedürfnis, dieses Leben, das noch immer sein Leben ist, wieder in die Hand zu nehmen und in den Griff zu bekommen. Also tut er, was man ihm aufträgt, und schottet sich gleichzeitig ab: Es ist doch eh alles egal. Wer so weit draußen war, kann nicht wieder zurück. Der Gerichtstermin wird die Weichen stellen. Sollte Anton verlieren, und alles sieht danach aus, wird er drastische Konsequenzen ziehen. Sollte er gewinnen, wird er versuchen, wieder ein guter Erdenbürger zu sein. Entscheidungen müssen getroffen werden. Da kommt so ein Gerichtstermin gerade recht.

Dabei, und das weiß Anton im Grunde genau, ohne sich

es ständig bewusst zu machen, ist das Urteil so gut wie gefällt. Der Gutachter hat ganze Arbeit geleistet. Absurderweise wollte der Zufall es so, dass der Gutachter auch Chefarzt der Klinik war, in die sich Anton in jenem verrauschten Sommer hatte einliefern lassen. Anton kannte ihn noch, wusste aber, dass der Gutachter, Professor Venth beim Namen, sich nicht an ihn erinnern würde. Chefärzte werfen nur alle drei Wochen einen Blick auf die Patienten. Und es war nicht klar gewesen, ob es einen Vorteil darstellte, dass Anton nun in ebenjenem Krankenhaus begutachtet wurde, in dem er vor einem guten Jahr noch stationär behandelt worden war. Der Flügel, in dem der Chefarzt residierte, sah schon einmal sehr anders aus als die Station, in der Anton interniert gewesen war. Hier war alles sauber und weitläufig, eine weiß strahlende Sitzgruppe lud zum entspannten Niedersinken ein und verschüchterte den Wartenden zugleich.

War Anton denn krank gewesen? Und war er jetzt noch krank? Wie verhält sich das? Anzeichen von Manie waren da, hieß es, doch Anton meinte, er hätte jederzeit die Kontrolle über sich gehabt. Aber weshalb hatte er dann einfach seine Wohnung gekündigt, ohne nach Ersatz zu suchen? Weshalb hatte er sich von Rausch in Rausch gestürzt und die peinlichsten Aktionen gebracht, bis hin zur völligen Zerstörung seines eh zweifelhaften Rufs? Jetzt, vor dem Gutachter, mussten diese Anzeichen zu einem stimmigen Krankheitsbild zusammengefügt werden, damit am Ende die erhoffte Geschäftsunfähigkeit herauskäme. Eine vertrackte Situation. Nach einer halben Stunde Wartezeit bat Professor Venth Anton zu sich ins Zimmer.

Zu oft hatte Anton seine angebliche oder wahre Krankenge-schichte schon erzählt, er war es so satt. Immer wieder sollte er sich aufraffen zur Selbstanklage und zum seelischen Offenbarungseid. Ihm fiel des Professors Blinzeln auf, wenn er Anton anschaute, das Lid blieb kurz am Auge kleben, ein altersbedingter Tic, der seinen Status in Antons Wahrnehmung verniedlichte. Schon war die ganze Situation torpe-diert. Anton konnte Venth nicht ernst nehmen, und Venth sah in Anton nur einen weiteren Fall, der noch zwischen ihm und seiner Pensionierung lag. Alles, was Anton sagte, wurde bezweifelt. Er könne sich nicht erinnern? Maniker erinnerten sich grundsätzlich an *alles*. Aber der Alkohol? Einerlei. Venth schrieb mit, während Anton eingeschüchtert von seinem wilden Jahr berichtete. Allein das Mitschreiben machte Anton ganz kirre, und er stotterte sich von Vorfall zu Vorfall, ohne Chronologie, denn rückblickend war die Zeitkurve nur noch ein Wirrwarr aus einzelnen Punkten. Man müsse den Zeitraum seiner Ausgaben viel enger fassen, riet Professor Venth, drei oder vier Monate oder gar ein ganzes Jahr seien einfach nicht drin.

«Aber so war es doch», wandte Anton ein, worauf Venth nur den Kopf schüttelte. Hätte Anton sich einen Porsche gekauft, sähe es ganz anders aus, dann könne man genau diesen Kauf anfechten. Aber all diese kleinen Ausgaben, die Reise nach London, dieses Zerfaserte, nein, der Zeitraum sei einfach zu lang, um auf verminderte Geschäftsfähigkeit zu plädieren.

Anton fühlte sich mies und hintergangen. Keiner war auf seiner Seite. Warum auch? Dabei wusste er von Hermann, dass Professor Venth für genau dieses Gutachten in etwa die Summe bekommen würde, die Anton der Bank schuldete.

Dreitausend Euro. Dreitausend Euro, die Anton bei einer Niederlage ebenfalls in Rechnung gestellt würden, wie die Gerichtskosten, wie die Anwaltskosten der Gegenseite, wie alles. Dreitausend Euro, die Venth gerade an Anton verdiente, die er Anton gerade sogar abknöpfte, ihm selbst, indem er ein Gutachten im Kopf vorformulierte, das Anton alle Aussichten auf Erfolg raubte. Könnten wir das alles nicht einfach lassen, und Sie überweisen meiner Exbank einfach Ihr überhöhtes Honorar, und ich kann versuchen, normal weiterzuleben?

Anton kommt sein Leben wie ein sozialer Abstieg in Sachen Begutachtungen vor. Während er da bei Sonja sitzt, hat er Flashbacks von seinen bisherigen Ämtergängen, den Schuldnerberatungen, Begutachtungen, Anträgen, Gewährungen. Um damals aufs Gymnasium zu kommen, musste er still dasitzen, intelligent tun und dann wie ein Idiot einen Ballon in der Luft halten. Ein parteienfinanziertes Stipendium wurde ihm beim Eintritt in das Studium nicht gewährt, da er in Sachen soziales Engagement anscheinend nicht punkten konnte; der Gutachter war ihm eh nicht sympathisch gewesen, ein lahmer Badener, der so langsam sprach, dass man ihm kaum folgen konnte. Und die letzte Amtsärztin, die Anton auf unverschämte Weise abkanzelte, hatte selbst keine Zähne. Sie saß ihm gegenüber und hatte einfach keine Schneidezähne. Dabei rügte sie ihn, er habe sich zu lange nicht gemeldet, und überhaupt, er müsse diese und jene Therapie in Angriff nehmen, ohne das ginge es nicht. Anton hatte versucht, nicht auf die Zahnwüste zu starren. Nein, er will nicht mehr begutachtet werden.

Als er satt und noch mit dem Kaffeegeschmack im Mund

Sonjas Büro verlässt, verdrängt er die düsteren Gedanken, die Worte «Strick, Zug, Hochhaus», die Erinnerungen an all die falschen Begutachtungen, die Müdigkeiten danach. Was haben diese fremden Menschen ihm zu sagen, wieso beurteilen sie ihn willkürlich? Wieso muss er überhaupt ständig beurteilt und begutachtet werden? Anton bleibt im Gang stehen und lauscht dem Hall hinterher. Er will nicht in sein Zimmer gehen, er will aber auch nicht draußen sein. Also was?

✶

Linda meistert alles vorbildlich. Sie ordnet Klötze zum Turm, hopst Vierecke nach, puzzelt wie eine kleine Weltmeisterin. Sie steckt verschiedene Formen in die passenden Löcher, erkennt und benennt Dreieck und Raute, schneidet Muster fast fehlerfrei mit der Schere aus. Dabei blickt sie, Zustimmung und Lob erheischend, immer wieder hoch. Denise könnte sie ohrfeigen.

Der sogenannte Vorführreffekt, nur umgekehrt: Was sonst misslingt, klappt hier wie am Schnürchen. Der Arzt nickt und ermutigt Linda, es noch besser zu machen. Die verhält sich gar geziert und putzig, spielt eine unbekannte Niedlichkeit aus, verfährt ruhig und souverän. Die sonst so aufreibende und lärmende Hysterie scheint Jahre entfernt. Denise ist genervt, es geht um den eh ungeliebten Inklusionsstatus, für den sie Termin nach Termin abreißen muss. Und jetzt tut ihre Tochter wie ein feines, begabtes Musterkind, dem keine Aufgabe zu schwer ist. Denise juckt es in der Nase. Sie hasst ihre Tochter gerade, die kindliche Freude, den Eifer, die Eitelkeit. Kann sie nicht wenigstens nur kurz mal halb so bockig sein, wie sie es sonst alle fünf Minuten ist? Dabei kann ihre Tochter doch gar nichts dafür. Sie bemüht sich und hat Erfolg. Denise sollte sich freuen. Oder nicht?

Der Arzt nervt Denise ebenfalls, mit seinen sanften Ermutigungen, der mild modulierenden Stimme, den kleinen Aufmunterungen. Er hakt die Übungen eine nach der anderen ab, schreibt noch eine Zahl dazu, die auf der dazugehörigen Skala wahrscheinlich ausgesucht weit oben steht. Dann wendet er sich Denise zu und nickt konspirativ. Ja, das sei doch sehr erfreulich, diese Fortschritte der kleinen Linda, grummelt er freundlich. Denise betrachtet ihre Tochter wie ein fremdes, in seiner ausgestellten Goldigkeit abscheuliches Kind. Dieses Kind hat sie alleingelassen. Wieso dieser Akt der Sabotage? Woher kann Linda das alles plötzlich? Der Arzt bemerkt ihre Not und neigt sich noch tiefer zu Denise hin. Er will ihr etwas zuflüstern.

Vielleicht will er ihr sagen, wie geil er sie gestern fand, im Netz?

Sie wendet sich nicht ab von ihm, obwohl sie sich bedrängt fühlt. Die Arzthelferin kommt zur Tür herein. Denise kann aufatmen. Der Arzt rückt dennoch nicht von ihr ab, sagt dann verschwörerisch: «Ich kenne diese Situationen.»

Welche Situationen?

«Keine Sorge, ich mache die entsprechenden Vermerke. Wir kriegen den Status schon durch.»

Linda merkt, dass über sie gesprochen wird, aber sie weiß nicht, worum es geht. Sie beginnt, die Türme, die sie aufgebaut hat, wieder umzuwerfen, die hübschen Formen in kleine Nichtse zu zerschneiden. Der Arzt nimmt ihr die Schere ab und streicht ihr über den Kopf.

«Fein gemacht», sagt er, und Linda grinst beglückt und zwinkert dümmlich.

Im Hausflur, auf dem Weg die Treppe hinunter, spürt Denise noch immer diesen leichten Schwindel, der sie in Arztpraxen fast jedes Mal überkommt. Sie muss aufpassen, dass ihr nicht schwarz vor Augen wird. Sie lässt Linda kurz los, um sich mit beiden Händen am Geländer festzuhalten. Die Welt droht, zu einem Punkt zusammenzuschnurren. Bevor sich Denise wieder gefangen hat, ist Linda schon gestolpert, zwei, drei Stufen hinab mit Gerumpel, und jetzt liegt sie kopfüber wie ein verschrecktes Jungtier auf der Treppe.

Die Erkenntnis, was passiert ist, hat noch nicht eingesetzt. Lindas Gesicht ist noch leer, sie sammelt sich, sammelt das Bewusstsein an, gleich wird sie losheulen. Denise ist erschrocken zur Stelle und möchte ihre Tochter wieder aufrichten. Aber Linda will nicht, fühlt sich gedemütigt von der Treppe, von der Schwerkraft, den Gesetzen der Welt, sie ist ein Kind, das sich weh getan hat, das keine Hilfe braucht, weil es nur heulen will, weil es das Unrecht hinausschreien muss. Denise wird von Ungeduld und Zorn gepackt. Sie schüttelt Linda und zieht sie hoch, «es ist nicht so schlimm», bevormundet sie ihre Tochter, «stell dich hin.» Linda weigert sich. Sie fällt wieder in den Babymodus zurück, heult nur unförmig, gibt unverständliche Fetzen von sich, sackt in sich zusammen: der Trotz der Benachteiligten.

«Jetzt stell dich schon hin», zischt Denise und rüttelt ihre weinende Tochter durch, dabei fletscht sie die Zähne, ohne es zu merken.

«Du Spastikerin», entfährt es ihr, und sie erschrickt und wird gleichzeitig noch wütender. Wenn Linda nicht sofort aufhört zu heulen, wird sie ihr eine langen. Sie ist kurz davor. Krampfartig kneift sie Linda in die Schulter, ihre Hand scheint selbst von einem Spasmus durchfahren.

Früher hatte Denise bisweilen Tötungsphantasien. Ihre Tochter solle, wenn sie sich noch einmal so dumpf und renitent verhielte, bitte vom nächsten Laster überfahren werden. Vielleicht müsste sie gar nicht nachhelfen? Denise war erschrocken von der Grausamkeit der eigenen Gedanken. Aber sie konnte nicht aufhören, sich das Ableben ihrer Tochter bis ins kleinste Detail auszumalen, vom Unfall über ihr Alibi bis hin zum Kondolenzwahn danach. Sie selbst hätte keine Schuld, und keiner würde ihre Genugtuung bemerken. Sie fühlte sich manchmal wie die schlechteste und mieseste Mutter der Welt. Bis Saskia, eine alte Freundin, ihr auf eine Andeutung hin erzählte, dass es ihr genauso ginge. Mordideen schienen unter jungen Müttern gar nicht so selten zu sein.

«Ist alles in Ordnung?», schallt die Stimme des Arztes im Treppenhaus herab. Denise fährt herum, dort steht der Arzt mit seiner Helferin und blickt sie streng an.

«Ja, alles in Ordnung, sie ist nur gestürzt», beschwichtigt Denise mit zitternder Bravheit in der Stimme und will sich am liebsten selbst ohrfeigen. Linda steht nun alleine auf und beruhigt sich. Der Arzt macht eine despektierliche Miene, hebt die Augenbraue und geht nickend wieder ab.

«Dann ist ja gut», sagt er, gerade noch hörbar. Die Arzthelferin starrt Denise einen Augenblick zu lange an und sagt dann traurig: «Bis zum nächsten Mal.» Die Tür fällt zu. Denise atmet auf, nimmt ihre Tochter bei der Hand und schleicht die Treppe hinunter, aus dem Haus.

✳

Sie schnauft sich durchs Zimmer, sammelt Wollmäuse und Staubfetzen auf, versucht eine gewisse Struktur herzustellen, wo Struktur niemals vorgesehen war. Immer wieder muss sie sich auf den Billigstuhl von Ikea setzen, um Luft zu holen. Anton hilft ihr, wo es geht, aber seine Mutter ist stur und will ihr eigenes System durchsetzen, das ihr selbst allerdings nicht transparent ist. Es ist nämlich eigentlich gar kein System, und dieses Nichtsystem trifft auf ein fehlendes Ordnungsprinzip. So kommt man schlecht voran.

«Bitte», sagt Anton schließlich. «Es ist wirklich nicht nötig.» Eine Wut steigt ihm in die Nase, aber er darf es sich nicht anmerken lassen. Es ist seine Mutter, sie meint es nur gut mit ihrer ziellosen Geschäftigkeit.

«Hier noch, die Briefe», sagt sie und fuhrwerkt in den Mahnungen herum. «Sind die alle von jetzt?»

«Ich weiß es nicht.» Anton lässt sich erschöpft auf sein stinkendes Bett fallen. «Ich weiß es einfach nicht.»

«Das schaffen wir schon», sagt sie und türmt die Schreiben zu kleinen Stapeln auf. «Es ist sicher kein Palast, nicht wahr. Aber erst einmal bist du hier gut aufgehoben. Und die Frau Sonja ist ja wirklich nett.»

«Ja, ist sie.»

Die Aktenordner meidet sie. Sie scheint Angst vor ihnen zu haben, denn dort sind die größten Klopper begraben. Wer sich einmal in die Aktenordner einliest, kommt kaum mehr frei.

«Bitte, Mama, ich bin sehr dünnhäutig gerade. Ich kann Überraschungsbesuche nicht so ab.»

«Bin ja gleich fertig.» Sie schwitzt. «Und dann gehen wir essen?»

«Heute nicht.»

«Jedenfalls, ich habe dir etwas Wurst und Käse in den Kühlschrank gestellt.»

«Ich weiß.»

«Ja, nicht, dass das verschimmelt.»

«Wird es nicht.»

«Und du willst wirklich nicht mitkommen? Ein Zneck?»
Ein Snack.

«Nein, ich muss mich ausruhen.»

Sie freut sich insgeheim darüber, dass er sich wieder wie ein träger Teenager verhält. So kennt sie ihn, so ist er ihr nicht fern. Draußen tobt wie so oft Hansi, der verwachsene Gnom, und schreit herum, wie scheiße alles sei, «scheiße, scheiße, scheiße». Still schämt Anton sich für Hansi, und er schämt sich für sich, und für seine Mutter, und für dieses abgewichste Heim.

Seine Mutter sitzt im Stuhl wie eine Kröte und japst nach Luft. Dann kramt sie in ihrer Handtasche und fördert Kaugummis zutage. «Willst du auch eins?»

«Nein.»

«Okay. Hier sieht es jetzt manierlicher aus. Das schaffen wir schon, alles. Bringst du mich noch zur Haltestelle?»

Wenn Anton zurückdenkt, fragt er sich, wann die Weichen gestellt wurden, wo er die Abzweigung genommen hat, die ihn nach und nach von den alten Freunden und Kommilitonen entfernte. Gibt es da eine bestimmte Stelle, an der sich ein Nebengleis vom Hauptstrang der anderen abspaltete, auf dem er allmählich wegdriftete, erst unmerklich, dann unwiderruflich? Oder ist es die Summe der kleinen Entscheidungen, Versäumnisse und Auslassungen gewesen? Ist er stehen geblieben, und die anderen sind weitergegangen, oder hat er die anderen irgendwo hinter sich gelassen, und sie bewegen sich nun ruhig, aber stetig voran, während er einen ruinösen Sonderweg verfolgt?

Das ist nicht einfach festzustellen, denkt er, während er mit dem Tagesticket, das er sich von seiner Mutter hat spendieren lassen, und einer aufgedrängten Pizzastulle in der Hand durch die Stadt fährt und die alten Orte abklappert. Seine Mutter ist inzwischen zuhause, er hat sie abgesetzt, und die Kanäle und Programme jagen bei ihr bestimmt wieder wild über den Bildschirm, wie immer. Anton dagegen zappt auf seine Weise, er fährt seine Vergangenheit ab, die guten und die bösen Orte. Draußen auf Kaution, so nennt er das, irgendwen zitierend, der schon lange keine Rolle mehr in seinem Leben spielt.

Dort wohnte Peter, unten in der Parterrewohnung, die seine Eltern Ende der Neunziger kauften, als die Wohnungen noch preiswert waren und die Gegend sich aufregend und neu anfühlte. Peter und Anton waren damals ein wahres Zerstörerteam im Nachtleben gewesen, mit Unmengen an Alkohol, neuen Clubs, viel Getanze und auch ein paar Frauen. Und währenddessen hatten sie im Gleichschritt das juristische Grundstudium mit Einsernoten abgeschlossen, bei Professor Stephan, ihrem blendenden Vorbild, Antons heimlichem Vaterersatz. Sie hatten sich jung und unberührbar gefühlt. Die Schere ging erst im Hauptstudium auf, als Anton noch immer ein wenig zu viel feierte und zu oft in den Tag hineinlebte, Peter sich dagegen strikt an den Lehrplan hielt und seinen Freund mehr und mehr abhängte. Der Spießer in Peter war durchgebrochen, so redete Anton sich ein, rückversicherte sich hierüber auch in Gesprächen mit gemeinsamen Bekannten, und so trennte sich das Team irgendwann stillschweigend und ohne großes Getue. War Anton zu idealistisch oder einfach zu feige für eine richtige Karriere gewesen?

Jetzt wohnt dort wohl eine Studentin, wie Anton an der Wäsche auf dem Balkon zu erkennen meint, und drückt monatlich die Miete an Peters Eltern ab, oder gleich an Peter, wer weiß. Der lebt inzwischen in Düsseldorf, ist verheiratet und hat drei Kinder. Eines hätte auch gereicht, knurrt Anton in Gedanken. Und geht unverrichteter Dinge weiter.

Was Professor Stephan wohl macht? Lehren, gewiss, und jährlich neue Topjuristen auf den Weg bringen. Was mögen wohl inzwischen seine Themen sein? Hegel und die autopoietische Ethik, wie früher? Formen der Gerechtigkeit versus Formen des Rechts? Schale Begriffe, die aber bald zum ersten Mal von wirklicher Bedeutung für Antons Leben sein könnten.

Er hatte damals ein besonderes Interesse an der Rechtsphilosophie entwickelt und dieses in zähen Überstunden vertieft, aus bloßer Begeisterung, gewiss, aber auch, um Professor Stephan zu gefallen. Stephan war Anton nämlich ein Versprechen gewesen. Ein Selfmadegeist, autark und frei, dynamisch, blitzgescheit, ein Held in postheroischen Zeiten, dessen Ruf weit über die hiesige Universität hinausreichte. Anton hatte sich von ihm ein Gutachten gewünscht, für einen Ivy-League-Aufenthalt, der dann doch nicht zustande gekommen war. Doch das Gutachten, das Stephan als einzige, brillante Laudatio verfasst hatte, bewahrte Anton noch immer auf, irgendwo zwischen den Mahnungen und Drohungen, und Antons Mutter hatte es zigmal kopiert, es ihren Kolleginnen gezeigt und fernen Verwandten zuge-schickt. Es war ein blendendes Gutachten. Die Zukunft hatte geraunt und gefunkelt.

Genau, denkt er, ganz genau. Professor Stephan wird er auch besuchen und sich ein Bild machen – wie er heute aus-sieht, wie es in ihm aussieht, was er inzwischen denkt und lehrt. Vielleicht wird Stephan ihm erklären können, was rechtens ist in seinem Fall, was möglich, was gerecht. Viel-leicht wird Stephan ihm helfen können. Und womöglich be-kommt Anton endlich das Recht, das ihm zusteht, oder die Gerechtigkeit, die er verloren glaubt, oder zumindest einen Ablass, der etwas in ihm freisetzen wird. Bei dem Gedan-ken schießt neue Kraft durch seine Beine, und er nimmt die nächste Ecke mit ziemlichem Elan.

Hier, zwei Straßen neben Peter, muss Raoul leben, auch Rolle genannt, ein Freund noch aus Schultagen, der mit An-fang zwanzig angekündigt hatte, sich mit spätestens drei-ßig öffentlich zu verbrennen. Inzwischen ist er Anästhesist. Anton ist sich nicht sicher, ist das wirklich die Tür? Auf der Klingelleiste steht kein Raoul. Raoul ist verzogen, scheint's, und Anton zieht also auch weiter. Er hätte eh nicht geklin-gelt.

Das ganze Viertel ist voll von alten Erinnerungen, von wirklichen Gespenstern, die durch die Straßen treiben, Schemen im Gesichtsfeld, Chimären: er selbst vor zehn Jah-ren, mit Raoul, mit Peter, mit Anne-Catherine und Janka. Raoul kotzt an dieser Straßenecke und geht, um wieder zu sich zu kommen, acht Mal die Acht, als Schlaufen auf dem Bürgersteig. Natürlich fällt er hin und bleibt lachend liegen. Janka und Anton küssen sich, schauen sich in die Augen und lassen es dann doch lieber bleiben. Peter und Anton fläzen sich auf dieser Bank da und trinken ein letztes Bier am Morgen, um gleich für lau in irgendeinem Hotel zu frühstücken. Und die tausend vergessenen Wege, mit dem Fahrrad, zu Fuß, hier entlang, dort entlang, schon früh verloren. Anton, betrunken, auf der Suche nach einer Geliebten, die ihn betrügt, obwohl sie doch gar nicht zusammen sind; dann vor ihrem Haus, sie schreit ihn an durch die Gegensprechanlage, und er macht sich davon wie ein geprügelter Köter. Anton mit Veit, sie tragen eine Kommode durch die Straßen, jung und kräftig, ohne sich dessen bewusst zu sein, und grüßen die lächelnden Cafébesucher, die ihre Kaffeetassen heben. Anton auf dem Weg zur Videothek, die wirklich noch richtige Videokassetten zu verleihen hatte. Anton, unentschieden. Anton, nüchtern und genau. Anton, wieder betrunken. Anton, leer und traurig. Anton, lesend. Anton, lustlos. Anton, sehnsüchtig. Alles umsonst, denkt er. Als wäre er nie da gewesen.

«Hey.»

«Anton?» Überraschung, die fast schon Entsetzen ist.

«Ich wollte nur mal hallo sagen. War gerade in der Nähe.»

«Ach so, klar … Wie – was machst du? Bist du noch immer –?»

«Nein, nein.» Bin ich was? Nein, bin ich nicht.

«Tauchst hier aus dem Nichts auf und – willst du was trinken? Aber ich muss gleich los. Ich bin eigentlich schon zu spät.»

«Zu spät wofür?»

«Termin.» Gibt es nicht in deiner Welt.

«Wie geht es dir?»

«Gut, es geht gut. Du, ich muss aber los. Wie wäre es, du

kommst morgen Abend vorbei? Da habe ich Zeit. Auf ein Bier oder – eine Cola.»

«Da bin ich schon wieder woanders.»

«Wie, wo bist du denn da?»

«Weiß ich noch nicht. Aber vielleicht – vielleicht komme ich vorbei.»

«Hast du ein Handy? Eine Nummer? Hier ist meine Karte. Ruf jederzeit an.»

«Ja.»

«Sorry, ich muss dich jetzt hier stehenlassen. Kündige dich doch an! Echt, der Anton. Mann, Mann, Mann.»

«Mach's gut.»

«Du auch. Ruf an. Der Anton. Echt.»

Dreitausend Euro, dreitausend Euro, dreitausend Euro. Nichts ist das, und trotzdem alles. Nie im Leben kann er diese Summe aufbringen, und sie wird sich verdoppeln beim Prozess, nein, verdreifachen, vervierfachen, das kann er noch nicht überblicken, das sagt ihm keiner so genau. Und die Zinsen kommen noch hinzu, und die zwei anderen Verfahren, und die zig anderen Gläubiger. Wenn er nur diese dreitausend Euro an Schulden los wäre, er könnte wieder besser atmen. Er wäre nicht mehr nur ein Minus in der Landschaft, ein wandelndes Negativum. Er wäre wieder jemand. Zumindest wäre er wieder die alte Null von früher.

Noch immer nichts drauf. Kein Geldeingang, keine Bewegung, keine dreitausend Euro. Genauer: keine dreitausendzweihundert Euro. Denise checkt jetzt schon mindestens dreimal am Tag ihren Kontostand, einmal morgens, zweimal abends. Es ist nicht so, dass sie ohne das Geld nicht auskäme. Das nun nicht, auch wenn sie im Moment zumindest knöcheltief im Dispo steht. Nein, es riecht nur langsam nach Betrug. Sie kommt sich hingehalten und hintergangen vor. Der Lohn ist seit Wochen überfällig. Die Pornoschweine scheren sich einen Dreck um sie. Sie haben sie vielleicht schon vergessen. Oder sie warten einfach ab, ob Denise sich melden wird, spielen mit ihrer Scham und Schuld. Denn wer sich schämt, der klagt nicht an.

Dazu denkt sie an Anton und seine Schulden. Natürlich wird sie ihm nicht helfen können. Natürlich wird sie dieses Geld für sich und Linda behalten müssen. Sie wird ihm nie etwas davon erzählen. Und doch, wie seltsam, dass sie bald genau das hat, was ihm fehlt. Die Möglichkeit des Helfens besteht und ist fast schon ein Privileg. Ob er die Hilfe annehmen würde?

Denise nestelt an ihrem Piercing herum und brütet. Dann fasst sie aus der Tiefe einen Entschluss. So nicht, mit mir nicht, denkt sie. Und: Ich habe das selbst in Ordnung zu bringen. Eigenmächtig. Persönlich. Das ist persönlich zu klären. Sie steht auf, wirft sich mit besonders heftigem Schwung ihre gelbe Lederjacke um, so als müsse sie einem beobachtenden Auge ihre Motivation beweisen, und geht los, nicht ohne sich vergewissert zu haben, dass sich das Tränengas noch in ihrer Handtasche befindet.

Im Industriegebiet, wo die Luft süßlich und schwer von der Tabakbearbeitung ist, streunt Denise durch die Straßen, unbelebte Bürotrakte grenzen an versiffte Warencontainer, und sucht die Produktionsfirma. Einzelne Arbeiter wanken ihr entgegen, aber es scheint nur so, als ob sie wanken, wahrscheinlich gehen sie ganz normal Schritt für Schritt, Denise kann das nicht so genau in Erfahrung bringen, sie weicht ihnen und ihren Blicken konsequent aus. In einer dieser Straßen war es doch. Alles sieht ähnlich aus, zehntausend Eingänge und ein paar Autos. Darüber die Tabakwerbungen und Firmenschriftzüge, überdimensioniert und doch so sinnlos platziert, denn hierher verirren sich keine Kunden oder Touristen, hier kommen nur Arbeiter und Vertreter her, die eh wissen, wem sie dienen. Dann steht sie vor einem hellblauen Eingang mit verklebter Gegensprechanlage, von der Fassade blättert die Farbe ab und gibt den Blick auf das schmierige Grau darunter frei. Hier war es, ja, und ja, das Schloss ist noch immer kaputt, die Tür geht einfach auf. Sie kommt sich vor wie eine Einbrecherin. Sie nimmt die Treppe, die knarzt, hoch in den dritten Stock.

✳

Zaghaft nähert er sich der Klingelleiste, er will nicht wie ein Stalker wirken. Das wurde ihm nämlich schon dreimal vorgeworfen, und mit solchen Vorwürfen ist nicht zu spaßen. Er beäugt die Namenskolonne und kommt wieder zu keinem Ergebnis. Mit einem Schnaufen geht er auf Abstand und vergleicht den Hauseingang mit dem Bild in seiner Erinnerung. Nein, hier nicht. Er weiß tatsächlich nicht, in welchem dieser Gründerzeitbauten sich das Domizil befindet, in dem Nicole inzwischen wohnt. Und an ihren neuen, angeheirateten Namen kann er sich auch nicht mehr erinnern. Eine Unverschämtheit der Natur! Lachhaft, wie sein Gehirn ihn einfach im Stich lässt. Dabei wusste er den Namen vor ein paar Monaten noch, als er ihn googlete. Aber jetzt: eine Leerseite,

Leerstelle, einfach blank. Anton setzt sich auf einen Sims und reflektiert, so langsam, dass er gar nicht weiß, worüber. Doch, nach einer Minute haben sich die zähen Gedanken um eine Mitte gruppiert, und die heißt Nicole. Er denkt über Nicole nach. Und also über die Liebe.

Als junger Mann galt Anton die Liebe als einziges Gut, das wirklich erstrebenswert war. Wer liebte, dessen Leben hatte Sinn, so dachte er, und so legte er sein Leben aus. Was er auch machte, er machte es in der Hoffnung, es irgendwann für jemand anderes gemacht zu haben, für eine Leerstelle in seinem Kopf, die darauf wartete, besetzt zu werden. So wurde seine erste Liebesbeziehung denn auch von der überhitzten Hochromantik erstickt, die Anton ausstrahlte und zugleich zu verstecken suchte, die aber dennoch die Atmosphäre süßlich vergiftete und kein normales Gespräch zuließ. Allein die Rosen, die er ihr brachte! Und wie er versuchte, ihr zu gefallen und trotzdem nicht an Coolness zu verlieren.

Ein Krampf.

Er wusste damals noch nicht, dass leidenschaftliches Sichverlieben nichts anderes ist als eine einzige Katastrophe. Die überzogenen Erwartungen an die Liebe verblassten mit der Zeit, mit jeder neuen Beziehung, aber damit verblasste auch der Sinn der Beziehungen überhaupt. Wofür noch lieben, wenn es gar nichts brachte, wenn es nur ein Kampf und ein ewiges Austarieren der Schwächen und Stärken war? Immer war einer weniger verliebt und litt so ungerecht. Immer gab es ein Machtgefälle.

Schließlich hatte Anton sich nur noch für ein paar Stunden verliebt, hatte allenfalls noch Affären gehabt, aber auf lange Sicht nichts mehr zugelassen. Die Liebe hatte sich, nach zehn, fünfzehn Jahren Praxis, einfach als Illusion herausgestellt, wie im schlimmsten Popsong, oder als etwas, was anderen verfügbar war, aber nicht ihm. Er war nicht für die Liebe oder die Liebe nicht für ihn gemacht. Für einen in seiner Grundanlage durch und durch, ja fast schon krankhaft romantischen Menschen wie Anton ein furchtbares Urteil.

Als Nicole mit dem Kinderwagen an ihm vorbeigeht, bemerkt er es erst gar nicht. Sie bleibt stehen. Da blickt er auf und sieht sie fassungslos, starr, mit aufgerissenen Augen.

Nicole war die Letzte, mit der Anton es wirklich versucht hatte, das ganze Programm, bis hin zum Zusammenziehen mit Kinderwunsch am Horizont. Es war okay gewesen, denn er hatte seine wilden Vereinigungs- und Selbstauflösungsphantasien im Griff und spürte dennoch etwas von der Art der Liebe, wie er sie suchte. Vielleicht war er damals normaler gewesen als jemals davor oder danach. Nicht mit einberechnet hatte er jedoch, was anscheinend passieren musste, sobald die Liebe nicht mehr von der Chemie, von irgendwelchen Pheromonen und Hormonen befeuert wurde. Die Romantik wurde zu Langeweile, und jegliche Regung war Fluchtbewegung. Also betrog er Nicole, welche, wie sich herausstellte, ihn bald ebenfalls betrog, ganz so, als hätten sie es miteinander abgesprochen. Vielleicht war es wirklich eine Absprache gewesen, eine Absprache der Körper, der Instinkte, ohne die beiden an der Entscheidung teilnehmen zu lassen. Die Wohnung stand schnell verwaist und leer, und Anton konnte eine weitere Niederlage im Logbuch seiner Biographie vermerken.

«Was», sagt Nicole und scheint von Panik ergriffen. Der Kinderwagen zittert, genau wie ihr rechter Mundwinkel, ein Tic, den er früher so neurotisch wie liebenswert fand. Ihre alarmroten Locken sind inzwischen zu einem glatten

Zopf gebändigt. Die Stille zwischen ihnen streckt sich. Anton weiß nicht, ob er sich bewegen darf. Sie sieht ihn an wie einen Sittenstrolch, einen Freigänger. Letztendlich ist er auch ein Freigänger, durchfährt es ihn, er wohnt mit Knackis zusammen, es laufen Prozesse gegen ihn, draußen auf Kaution ist er, nichts anderes.

«Anton», sagt sie mit dünner Stimme, «was machst du hier.»

Anton will aufstehen, aber Nicole gibt ihm mit einer Geste zu verstehen, dass er sitzen bleiben soll. Er fügt sich und verharrt reglos. Es war ein Fehler hierherzukommen. Sie möchte ihn offensichtlich so schnell und folgenlos, wie es geht, wieder loswerden.

«Ich wollte nur», sagt Anton und weiß nicht weiter. Er gestikuliert behutsam in die Leere, sucht nach Worten. Am liebsten wäre er wieder weg.

«Ich weiß nicht», sagt er, «ich war einfach in der Gegend und wollte dich mal wieder sehen.» Sie sieht ihn schweigend an. Zwei Tiere in der Schockstarre. Im Kinderwagen rührt sich das Baby.

«Das geht nicht», sagt Nicole, «du kannst hier nicht so einfach auftauchen, und schon gar nicht so.»

Wie denn, fragt sich Anton, was heißt dieses «so»? Meint sie sein Aussehen, meint sie das Überfallartige? Ihm fällt der Liebesschwur ein, den sie vor Jahren abgelegt haben, ewige, bedingungslose Liebe, fast hätten sie sich ins Fleisch geschnitten dafür. Soll er diesen Schwur ansprechen? Sie muss doch sicher auch oft an ihn denken, an den Abend am Kanal, als der Himmel wild herunterkam und ihre Seelen sich kurz vereinigten.

«Ich weiß, dass ich anders aussehe als früher», sagt er

stattdessen, «aber das heißt nicht, dass ich ein völlig anderer Mensch bin.» Noch ein falscher Satz. Wieso gleich ins Allgemeine gehen?

Anton blickt auf den Gehweg, Kopfsteinpflaster, irre, hübsche Muster. Ihm fällt nichts ein. Er könnte über das Wetter sprechen, oder über den Kinderwagen. Wenn sie ihn ließe, würde er vielleicht das Kind begutachten und Komplimente machen können.

«Ich hole die Polizei», sagt Nicole und zückt ihr Handy.

Anton schaut sie an und versteht nicht. Sie sieht neurotischer aus als je zuvor, der Mundwinkel ein einziger, regloser Krampf.

«Spinnst du?», fragt er leise.

«Ich meine es ernst», sagt sie und wartet bereits darauf, dass jemand abhebt.

«Aber», sagt er und merkt, dass es aussichtslos ist. Er lässt es sein.

«Ich gehe ja schon, es tut mir leid, ich gehe.» Er steht auf und trottet oder schleicht davon, irgendwas dazwischen, und als er sich noch einmal umdreht, ist sie im Haus verschwunden.

$*$

Sie steht vor der Tür zum Produktionsbüro, wie zum Hohn ist niemand da, alles dunkel hinter dem Milchglas. Gerade als Denise überlegt, das Fenster in der Tür einzuschlagen, schallt Getrampel von unten durch das Treppenhaus hoch. Zwei oder drei oder vier Männer, gewichtige, kantige Männer, die sich die Treppe hinaufwuchten, gerade rechtzeitig, als wüssten sie, was in Denisens Kopf vorgeht. Zum Alibi klopft sie nun an die Tür, laut, bestimmt, bis nach unten vernehmbar, um nicht wie eine Psychopathin zu wirken, die seit Stunden hilflos im Treppenhaus ausharrt.

Die Stimmen kommen näher. Denise checkt im Schminkspiegel kurz ihr Make-up, ihre Augen, alles okay, nichts ist verwischt. Die Schritte und Stimmen, dem Anschein nach russisch, obwohl Denise es besser weiß, sind fast da, nur noch eine Etage. Denise reißt sich zusammen, es gibt doch gar keinen Grund, Angst zu haben, wieso hat sie diese Angst? Sie schließt die Augen, öffnet sie wieder, und da stehen sie, eine halbe Treppe unter ihr, und starren sie fragend an, der Produzent und zwei Typen, vielleicht Darsteller, vielleicht Schläger.

«Wen haben wir denn da?», fragt der Produzent.

Denise zwingt sich zu einem Lächeln und sagt: «Da seid ihr ja endlich.»

Wie eine Managerattrappe sitzt der Produzent hinter seinem Schreibtisch und tut großkaufmännisch. Er bietet Denise mit herablassender Geste einen Kaffee an und schiebt ihr den Aschenbecher hin. Die beiden Schläger oder Darsteller halten sich im Hintergrund, haben sich gesetzt, sind aber demonstrativ anwesend. Denise steckt sich eine Zigarette an.

«Also, liebe – äh.» Dem Produzenten fällt ihr Name nicht ein. Denise kommt ihm zu Hilfe.

«Ja, liebe Denise, ich erinnere mich. Was führt dich hierher?»

«Ich wollte nur nach meinem Lohn fragen.»

«Nach deinem Lohn. Nach deinem Lohn?»

«Ja, es ist immer noch nichts überwiesen. Dabei sollte das nach einer Woche geschehen.»

«Verstehe. Wie lang war der Dreh noch her?» Der Produzent wendet sich seinem Bildschirm zu und hackt etwas in die Tastatur ein.

«Ich weiß es nicht genau – warte – zwei Monate? Zweieinhalb?»

Mit einem Besserwissergrinsen sieht der Produzent wieder vom Computer auf. Ein Ausdruck der Milde liegt in seinem Brutalogesicht.

«Zweieinhalb Monate, ja, liebe Nadine.»

«Denise», sagt Denise.

«Aber der normale Zahlungsrhythmus liegt bei drei Monaten», beschwichtigt er sie, ohne sich zu korrigieren. Sein Blick schaltet zwischen ihr und den beiden Schlägern hin und her. Er spielt Amüsement, scheint sich dieses hartgekochte Geschäftsgetue mit Amüsierfaktor irgendwo abgeguckt zu haben, vielleicht bei Christopher Walken, vielleicht in einem Tarantinofilm.

«Das war aber anders abgesprochen», druckst Denise hervor.

«Mit wem willst du das denn abgesprochen haben?»

«Mit dir.»

«Das kann nicht sein, Denise.» Noch immer wandert sein Blick zwischen ihr und den Schlägern hin und her, noch immer bemüht er sich um dieses gespielte Amüsement in der Stimme, das süffisante Grinsen, wie ein Vater, der seine trotzige Tochter gerade besonders niedlich findet und sie weiter ins Leere laufen lässt.

«Und ob das sein kann. Sonst hätte ich es ja nicht gemacht. Ich weiß es doch noch, ich bin doch nicht doof.» Denise spürt eine Wut in sich hochsteigen. Ihre Stimme ist jetzt fest.

«Da hast du wohl was missverstanden, Denise», sagt der Produzent und lehnt sich zurück in seinen verschlissenen Schreibtischstuhl, als sei die Sache für ihn jetzt beendet. Schweigen. Beide Parteien warten ab. Einer der Schlägerdarsteller zieht die Nase hoch. Denise hält dem Blick und dem Schweigen des Produzenten stand. Er lenkt ein.

«Es sind ja nur noch zwei Wochen, ungefähr. Da wollen wir doch die Vorgänge hier nicht durcheinanderbringen.»

«Blödsinn. Bezahl mich einfach. Jetzt sofort. In bar.»

Die beiden Schlägerdarsteller regen sich, ihre Polyesterhemden rascheln leise. Dann wieder Stille.

«So stellst du dir das also vor. Du kommst hier vorbei und stellst Forderungen.» Das Süffisante ist einer genervten Arroganz gewichen.

«Natürlich. Auch wenn es Porno ist, ist es noch immer eine normale Dienstleistung, und ich muss normal bezahlt werden.»

«Natürlich. Aber ich habe nichts hier, Denise.» Er spielt noch immer großtuerisch auf, jetzt in Richtung Michael Douglas, und Denise fragt sich, ob nicht irgendwo eine Kamera mitläuft.

«Dann kann man wohl nichts machen», sagt sie und drückt ihre Zigarette aus. «Aber ich wollte einmal dran erinnern. Daran, dass ich warte.»

Sie will aufstehen.

«Oder doch, warte.» Der Produzent beugt sich hinab, öffnet eine Schublade. «Ich habe hier noch ... fünfhundert Euro.»

«Das ist zu wenig.»

«Es ist eine Anzahlung. Willst du sie?» Der Ton hat sich erneut gewandelt. Etwas Obszönes, Lockendes hat sich hineingemischt. Macht soll ausgespielt werden.

«Das ist zu wenig. Aber immerhin.» Sie will das Geld nehmen.

«Denise», sagt der Produzent, und es macht Denise rasend, dass er dauernd ihren Namen ausspricht, «Denise, ich glaube, ich könnte auch tausend zusammenkriegen, jetzt gleich auf die Hand. Aber wir müssen dafür auch etwas zurückbekommen. Verstehst du?»

Einer der Darsteller ist aufgestanden und nähert sich Denise von hinten. Sie blickt sich um und versteht.

«Geschäft ist Geschäft», sagt der Produzent. «Und du bist doch zufrieden mit deinen Clips, oder? Wir sind jedenfalls sehr zufrieden.»

Der Darsteller steht hinter ihr. Denise zündet sich eine zweite Zigarette an, zieht und lässt sie dann im Aschenbecher liegen. Sie setzt ein Lächeln auf.

Okay. Wenn sie es macht, wird sie es Anton geben. Ganz klar. Die Hälfte zumindest. Geld sollte doch einen Nutzen haben, oder? Geld sollte hilfreich sein und nicht nur zerstörerisch. Sie legt den Kopf schräg und nickt und denkt, ich kann jetzt etwas Gutes tun. Für mich. Und für Anton.

Dann greift sie nach hinten und beginnt, im Schritt des Darstellers herumzureiben. Sie weiß noch nicht, ob sie ihm den Penis abbeißen oder blasen wird. Doch, sie weiß es. Mit der anderen, noch freien Hand nimmt sie das Geld entgegen und riecht daran. Der Produzent lehnt sich zurück und genießt. Denise öffnet den Hosenstall des Darstellers und spielt Entzücken. Der andere Darsteller filmt ihr in den Ausschnitt. Seine Hose öffnet er selbst.

✳

Nur ein wenig Beistand
Etwas Herz und etwas Geld
Bist du kurz mein Heiland
Rettest meine Welt

Ein gerader Beat nach vorne, darüber fröhliche Dur-Akkorde mit dem Synthesizer, eine drollige Basslinie darunter, alles im Wave-Bossa-nova-Style, mehr nicht. Und die kleinen Texte, die Anton auf Post-it-Zettel schreibt, einen nach dem anderen. Henning lässt ihn gewähren und wird ihm, so hat er versprochen, bei der Produktion helfen. Denn es war ja Hennings Idee. Vielleicht eine Art Arbeitsbeschaffungs-maßnahme, eine Beschäftigungstherapie. Henning sitzt derweil in seinem Büro und arbeitet an Entwürfen weiter, Gebäudeskizzen, Grundrissen. Hennig ist Architekt. Zwar weiß man von keinem einzigen Haus, das er je gebaut hätte, aber das ist bei Architekten oft so. Sie machen etwas, haben teil an irgendwelchen Projekten und verdienen gut dabei. Anton soll es egal sein. Er schreibt, als wäre er wieder sechzehn, als probten sie wieder in Hennings Musikkeller, wie damals mit der Schülerband. Absurd, natürlich, aber Hennings Ideen haben ihn früher immer gut drauf gebracht, und seine Laune hat sich auch schon aufgehellt. Nur den Humor nicht verlieren, denkt er, witzig bleiben. Indem er über seine Situation schreibt, kann er sie bannen und kurz vergessen.

Schnell gestrauchelt und am Boden
Alles dreckig hier und nass
Sang ich früher Liebesoden
Sing ich heute puren Hass

So nicht. Welcher Hass denn bitte? Er zerknüllt den Zettel und wirft ihn in den Papierkorb zu den anderen. Der Beat geht weiter, in Endlosschlaufe. Und immer wavige Synthi-Klänge. Anton singt dazu in seinem Halbfalsett, manchmal Silben, manchmal Zeilen.

Hilfe! So rufe ich heute
Hilfe! Wo seid ihr, Leute
Hilfe! Und wär's zum Schein
Fällt euch denn keine Hilfe! ein

Schon besser. Das könnte es sein. Es soll ja kein Indie-Hit, kein Überraschungscoup im Internet werden, es soll einfach die Begleitmusik zum, nun ja: Betteln sein. Er geht zum Mikrophon und drückt auf Aufnahme, wie Henning es ihm gezeigt hat. Die Melodie kommt aus ihm wie von selbst. Klappt, hat Witz und Luft. Seine Singstimme ist etwas tiefer geworden. Wo früher das punkige Falsett einer aufgesetzten Hysterie das Wort schrie, ist seine Stimme nun ruhiger, seidener, modulierbarer. Das viele Rauchen und Trinken hat ihm ein gewisses Timbre verschafft, das er jetzt mühelos einsetzen kann. Es wird, denkt Anton, es wird schon. Einfach kommen lassen, nur nichts erzwingen.

Anton fläzt sich zurück aufs Sofa und schreibt weiter. Denise ist fast schon wieder vergessen. Sie hat ihm eine Nachricht geschickt, dass sie sich doch nicht treffen kann, etwas sei dazwischengekommen, die Tochter wieder, ein Termin. Ausreden, alles Ausreden. Anton war zuerst enttäuscht, nahm es dann aber als normalen Gang der Dinge hin. Was soll es auch bringen, zwei Freaks zusammenzuzwingen, die nichts gemeinsam haben?

Nun meidet er den Supermarkt, da er eh noch etwas Geld vom Monatsanfang übrig hat, und sammelt nur die Flaschen, die ganz offensichtlich seinen Weg säumen. In den Mülleimern zu kramen, hat er immer abgelehnt. Er hat es nicht in allen Fällen vermeiden können, aber abgelehnt hat er es immer.

Ja, denkt er und schreibt, es wird zwar immer schlimmer, aber schlimmer geht es immer.

✳

Sie schrubbt sich die Zähne, bis das Zahnfleisch blutet, spuckt rote Muster ins dreckige Becken. Reibt sich noch mal ab mit dem härtesten Frottee, sprüht den ganzen Körper mit Deodorant ein. Sie wartet auf Marc, und natürlich ist er wieder zu spät, und sie weiß nicht, was sie mit ihrer Tochter anfangen soll, weil alles, was sie anfinge, durch das Eintreffen des Vaters sofort wieder beendet werden könnte. Also kann sie es auch gleich lassen.

Linda sitzt alleine in ihrem Zimmer und hört eine ihrer geliebten CDs, die sie alle schon hundertmal gehört hat. Aber Linda gefallen sie immer besser, je öfter sie sie hört. Kurz wird Denise bewusst, wie sehr sie ihre Tochter liebt, aber sie weiß nicht, weshalb sie dabei fast weinen muss. Sie raucht eine in der Küche und beobachtet den Kühlschrank mit den Magneten. Nichts. Nichts. Wieder nichts. Nichts.

Claudia war auch im Produktionsbüro, nach dem Dreh. Mit Claudia hatte Denise vor Monaten eine erste Lesbenszene gedreht, die sie fast schon wieder vergessen hatte, Badewanne, Umschnalldildo, nichts Hartes, und Geld hatte es auch nicht gegeben, denn es waren Testaufnahmen. Und jetzt waren sie wieder hier und zogen sich um. Claudia sah Denise interesselos an und nickte freundlich, den Körper voller Tattoos, bunt wie ein gefährlicher Schmetterling. Als Claudia dann etwas sagte, war Denise gleich verwirrt vom Ton, den sie anschlug. Oder von der anderen Welt, die sie da umriss.

«Ich studiere jetzt BWL, an der Fernuni.»

«Ja? Toll.»

«Man muss was machen, an die Zukunft denken.»

«Ja, klar. Klappt das denn?»

«Ganz gut. Von nichts kommt nichts, ne?»

«Nein. Ja.»

«Und nur noch ein Jahr, und Tom und ich können uns ein Haus draußen kaufen. Und dann gibt's Family ohne Ende.»

«Das ist toll.»

«Ach, ist normal. Das wollen doch alle.»

«Stimmt.»

«Und du?»

«Was ich?»

«Wie geht's dir? Wie geht's deiner Tochter?»

«Gut. Sie wird bald eingeschult.»

«Ach, so alt schon? Die Zeit fliegt, wa.»

«Tut sie, tut sie.»

«Du, ich muss. Paar Studiengebühren verdienen.»

«Schon klar.»

«Man sieht sich.»

«Bis dann.»

Die Unterhaltung hatte Denise im Nachhinein fertiggemacht. In der Straßenbahn kaute sie an ihren Nägeln, aber nur so, dass sie sie zuhause wieder rundschneiden konnte.

Claudia studiert also, dachte sie, und sie spart auf ein Eigenheim. Mit Hund, Kind und Begonienzüchtung. Was soll das alles? Sind selbst Pornostars nur noch Spießer inzwischen? Und haben sie damit denn unrecht? Oder war Denise die Einzige, die überall Probleme sah, während sich die anderen, egal wie verrottet ihre Lebenswelten waren, nach und nach alles einrichteten wie ein falsches Puppenhaus und auch noch glücklich damit wurden?

Das dicke Ende kommt noch, dachte sie. Auch für dich, du falscher, aufgetakelter Schmetterling.

Irgendwann klingelt Marc, und Denise hofft, dass er nicht wieder betrunken oder drauf ist, dass er einfach durch die Tür kommt, ganz normal, und seine Tochter in die Arme schließt wie ein richtiger Vater. Marc arbeitet schwarz, renoviert Wohnungen und baut Küchen für die Besserverdienenden im Bekanntenkreis, verdient damit deutlich mehr als Hartz IV, das er dennoch einstreicht. Mitte vierzig, ist er noch immer in den Clubs unterwegs, auch unter der Woche, und reißt dort mit seiner ungehemmten, aufgegeilten Art regelmäßig junge Möchtegernmodels auf. Hager, sehnig, die Haare wegen der Stirnglatze kurzgeschoren, Halbiraner, Lebenskünstler und immer druff, immer guter Laune trotz des ganzen Versagertums. Linda liebt ihren Vater sehr, wofür Denise sie manchmal hasst. Sie hofft, dass Linda irgendwann, vielleicht mit dem Einbruch der Pubertät, verstehen wird, wer hier ihr Leben für sie aufopfert und wer sein Leben einfach weiter abfeiert, als wäre nichts gewesen. Wer hier nur jedes zweite Wochenende bereit ist, mal höchstens einen Gang tiefer zu schalten, um die Tochter nicht allzu sehr zu verwirren.

«Schau dich doch an, du bist am Ende», hat Marc vor einer Woche am Telefon gesagt, und Denise war so wütend geworden, dass sie sich ganz klein machen musste, um ihn nicht als Junkie und Pisser zu beschimpfen. Wenn sie ihn zu stark beschimpfte, konnte es nämlich passieren, dass Marc einfach absagte, sein Vaterwochenende ausfallen ließ. Und dann säße Denise wieder da, alleine mit der Tochter, und könnte gar nichts machen, nur immer wütender und einsamer werden. Also schluckte sie den Zorn hinunter und fragte nur, wie er darauf käme, wie er überhaupt so etwas Unverschämtes sagen könne. Marc entgegnete «du hast es doch selbst gesagt», und Denise schwor sich, ihm niemals wieder etwas von ihren Zuständen zu erzählen.

Aber es schwang noch etwas anderes darin mit, in diesem Schau-dich-doch-an, die genau wörtliche Bedeutung, *schau dich doch an, wie du aussiehst*, das Altern, das Faltigwerden, die verlorene Jugend, das Sichgehenlassen. Denise hat mit diesem Satz tagelang gekämpft. Sie wünschte sich, Marc wäre tot, oder zumindest nicht der Vater ihres Kindes. Sie erwog, den Kontakt ganz abzubrechen. Sie redeten eh nie direkt miteinander, nur über Telefon und SMS. Wenn er Linda abholen kam, ging es nur um Kleidung und Zahnspange, mehr nicht. Selbst das Amphetamin steckte er Denise, aus jahrelanger Gewohnheit, ohne Worte zu. Und ohne etwas dafür zu verlangen. Ein besonders perfides Schuldeingeständnis.

Marc ist anscheinend nüchtern, vielleicht etwas aufgepeppt, etwas Speed in den Adern, aber das weiß man nicht, er ist schon von Natur aus ein nervöser, schlaksiger Sprücheklopfer, der dennoch die Ruhe weghat und sich überall sofort zurechtfindet. Linda stürmt auf ihn zu und lässt sich mit einem Kiekser in die Höhe heben. Denise hält die Wochenendtasche in der Hand und wartet ab, bis die beiden sich ausführlich begrüßt haben. Dann ist es so weit, sie händigt Marc die Tasche aus, und Linda merkt, dass sie sich jetzt von ihrer Mutter trennen muss, um Zeit mit ihrem Vater verbringen zu können. Sie versteht noch nicht, dass das eine das andere bedingt, dass sie ihre Mutter lassen muss, um beim Vater zu sein. Das Lächeln in ihrem Gesicht ist verschwunden, und sie beginnt, bockig zu werden und sich zu sperren. Ein Minidrama, das jedes zweite Wochenende durchgespielt wird. Denise gibt Linda einen Kuss und sagt, es ist wie immer, Schatz, am Sonntag bist du wieder bei mir. Sie weiß, dass sich dann das gleiche Drama abspielen wird, nur mit vertauschten Rollen. Wieso lernen Kinder nur so langsam, denkt sie, und wieso lernt gerade ihr Kind noch langsamer als alle anderen?

Nach dem überstandenen Abschied sitzt Denise vor dem Fernseher, starrt auf ihr Handy, holt den Laptop, geht auf Facebook, geht in den Chat. Tausend Kanäle offen, doch alles schal und nichtig. Sie denkt an Anton, den seltsamen Pennerclown mit Bildung, und hat kurz bessere Laune. Wieso nicht, sagt sie sich, wählt seine Nummer und hofft, dass er nicht nach ihrer Tochter fragen wird. Bevor die Verbindung jedoch zustande kommt, legt Denise wieder auf. Nein, es hat keinen Sinn. Sie braucht nicht noch einen Strauchelnden in ihrem Leben. Der wird noch an ihr zerren, bis sie selbst wieder strauchelt und fällt. Der wird noch ihr Geld nehmen, vom Leibhaftigen, von ihrem Leib, den sie zur Demütigung hingehalten hat. Anton wird ein Fass ohne Boden sein. Es reicht schon jetzt. Er ist liebenswert und hübsch, er hat was, er spricht von anderen Welten, ohne dass sie sich fremd fühlt. Aber sie will kein Risiko mehr eingehen. Und für Sex hat sie andere. Was soll das alles?

Sie löscht seine Nummer.

✱

An eine belebte Ecke gestellt, den Verstärker hingewuchtet, Überblick verschafft. Hier steh ich richtig, denkt Anton, ich kann auch anders, und macht sich bereit. Verstärker an, Mikro eingestöpselt, Pose einnehmen. Die Pose ist das Wichtigste. Ohne Pose ist alles umsonst. Im Anzug kriegt er sie formidabel hin, testet sie an, das Mikro von sich weghaltend wie Howard Carpendale. Die Haare hat Anton mit billigem Gel zurückgetrimmt. Er steht in einer der Hostel-Mob-Gegenden und sieht nur jüngere Leute. Wie kann das sein, wo sind die Altersgenossen, ist das alles in fünf Jahren passiert? Er wirft den Beat an und tanzt schüchtern los. Die Menschen sehen ihn an und gehen weiter. Pose durchhalten, Rhythmus fühlen. Er hebt das Mikro zum Mund.

Die ersten Silben kommen ihm nur schwer über die Lippen, er muss sie fast herauspressen. Doch dann geht es leichter, die Stimme wird fester. Die Eingangsstrophe wiederholt er einfach viermal, bis die ersten Leute stehen bleiben, freundlich gaffen und bald zaghaft mitwippen. Er wird selbstbewusster und kann den Zuschauern, die nun mehr werden, problemlos in die Augen blicken. Ja, so geht es. So schlecht fühlt es sich gar nicht an, im Mittelpunkt zu stehen. Es erinnert ihn an die alten Tage, als das Adrenalin noch richtig kickte. Der Schock tut gut. Die Musik, der kleine, billige Beat, sie treiben ihn an und lassen seine eckigen Bewegungen organischer und runder werden. Schon hat sich eine Traube um ihn gebildet, und die ersten Handys werden gezückt.

Anton singt von seiner Notlage, von den Nächten auf der Straße, dem Geld, dem Abgrund. Das Publikum grinst ironisch. Touristen lassen sich von ihren Nebenleuten erklären, wovon der schräge Vogel mit dem schmutzigen Anzug da singt. Immer mehr Handys filmen mit. Anton lächelt in die Kameras, fühlt sich aber sofort musealisiert. Er duckt sich weg und wechselt Beat und Lied, singt von der vergangenen Liebe, die am Geld scheiterte, und seiner Obsession namens dreitausend Euro.

3000 Euro – was ist das schon!
3000 Euro – manch Telefon
Kostet mehr, als was mir fehlt
Damit mein Leben wieder zählt

«This is so –», ruft einer der Touristen, aber der Satz bleibt Fragment, und der Tourist fuchtelt mit den Händen im Leeren. Anton erschrickt, als er sieht, wie viele Handys ihn inzwischen filmen. Eine Gruppe betrunkener Spanier tanzt um ihn herum und will ihn feiern, aber es fühlt sich nach Demütigung an. Je mehr Leute ihm zusehen, desto anonymer und ungemeinter kommt er sich vor. Er hält das Set durch, bedankt sich grinsend, macht eine kecke Verbeugung und stemmt, um Spenden bittend, kurz die Verstärkerbox hoch. Manche kommen und werfen ein paar Münzen hinein. Die CD kauft keiner.

Anton trocknet seine Stirn und schwört sich, so etwas nie wieder zu tun. Aber er weiß, dass seine Schwüre nicht verlässlich sind. Nach fünf Minuten steht er wieder allein an der Ecke, die Leute sind weg, und das Gefühl der Einsamkeit verschwindet langsam.

✳

Seine Achsel riecht nach Marihuana, denkt Denise, und sie muss fast lachen über diese Wahrnehmung. Und doch, dieser Moschus ist so intensiv, dass er schon eine Art Gras- oder Haschnote hat, und sie weiß nicht, ob das nun ekelhaft oder anziehend ist. Kurzentschlossen leckt sie ihm die Achsel einfach ab, was er mit einem leisen, ironischen Stöhnen quittiert. Dann greift er ihr an den dünnen Hintern.

Denise ist in eine Disco gegangen. Sie hat sich mit Heike versöhnt und verabredet, oder verabredet und versöhnt, es war nicht ganz klar, in welcher Reihenfolge. Jedenfalls haben sie dann einen auf albern gemacht, kleine Feiglinge und Bier am Kiosk gekauft und sich in den Park gesetzt, um den Sommer und ihre Freundschaft zu zelebrieren. Die letzten Sonnenstrahlen hatten auf der Haut gekitzelt. Dann gingen sie etwas essen und später ins Clark's, die Großraumdisco für die ganze Gegend, und ließen sich von den Laserstrahlen führen. Heike war schnell verschwunden, unauffindbar zwischen all den Schulterkanten, Sonnenfrisuren und Nachtgestalten, und Denise hatte sich immer wieder von irgendwelchen Dahergelaufenen zum Wodka-Lemon einladen lassen. Dann tanzte sie selbstverloren, war kurz in der Musik, vergaß alles. Mit einem der Gockel um sie herum kam sie ins Gespräch, oder mehr in einen Austausch von Gesten und Wortfetzen, bis sie zusammen einen letzten Drink an der Bar nahmen, einander erträglich fanden und schließlich aus der Disco verschwanden.

Jetzt liegt sie hier, in ihrem Bett, und hat seinen Namen vergessen. David, Daniel, Dante? Sie spürt, wie er sich halbhart gegen ihr Knie reibt, während sie seine rasierte Brust abküsst. Seinen Zungenküssen weicht sie meist aus, weil sie gleich gemerkt hat, dass er nicht küssen kann; sein Mund ist zu nass, voller Speichel, und er lässt die Zunge viel zu mechanisch und tief rotieren. Aber das soll sie nicht stören, sie ist so breit, sie will es einfach tun. Er saugt nun an ihren Nippeln, und sie mag es, wie sie sich zurücklehnt und bedienen lässt, er fährt mit seiner Zunge weiter hinab, verweilt an ihrem Bauchnabel, umspielt ihn, während sie denkt, dass sie dort, an ihrem Bauchnabel, eigentlich nichts spürt. Sie drückt ihn weiter hinab, doch auch dort verhält sich Daniel oder Dante eher wie ein junger, tapsiger Hund als wie ein Lover. Er sabbelt und schlingt. Sie will es selbst in die Hand nehmen, aber da ist nicht viel, was in die Hand zu nehmen wäre. Er ist immer noch halbhart und recht klein, sie versucht, ihn hart zu reiben, fast gelingt es auch, während er wieder an ihren Brüsten saugt. Sie beeilt sich, die Beine zu spreizen, und führt ihn ein. Doch nach zehn, fünfzehn Stößen erschlafft er wieder. Daniel oder David sackt auf ihr zusammen und seufzt.

«Entschuldige, zu viel Alkohol», flüstert er ihr ins Ohr.

«Nicht schlimm», sagt sie.

«Doch, irgendwie schon.»

«Nein.»

«Scheiße. Es tut mir leid. Es liegt nicht –»

«Es ist nicht schlimm. Aber könntest du bitte gehen?»

«Was?»

«Geh. Geh bitte.»

Als er weg ist, holt Denise ihren Laptop ins Bett und versucht, es sich zu machen. Es will nicht gelingen, nicht zu ihren eigenen, nicht zu fremden Videos. Sie klappt den Laptop zu und reibt sich die Klitoris, so schnell und mechanisch es nur geht. Dann kommt sie flach und lange und schläft endlich ein.

VIERTES KAPITEL

Die Bäume neigen sich konspirativ über sie, tuscheln vielleicht, rauschen jedenfalls. Und verschränken die Äste immer enger, bis sie zum Wald werden, in dem Denise und Anton sich langsam verlieren.

Er hat seinen Stolz überwunden und sie noch einmal angerufen, und sie dachte wegen der fremden Nummer zunächst, es sei Daniel, Dante oder David. Sie hob trotzdem ab. Und als sie dann Antons Stimme erkannte, konnte sie nichts mehr dagegen tun: Sie wollte mehr davon, mehr von seiner Stimme und seinen schrägen Gedanken, gestand es sich ein und sagte schließlich zu.

Sie finden noch keine Worte. Denise hat einen Kater von gestern, ihr Kopf dröhnt, der Mund ist trocken. Anton konnte die ganze Nacht nicht schlafen, in seinem Heim mit den Knackis; sein Biorhythmus hat sich während der letzten Woche immer weiter nach hinten verschoben. Er ist übermüdet und froh, dass ihn die Sonne hier im Dickicht in Ruhe lässt.

Vorsichtig werden erste Sätze getauscht, Fragen und Antworten, dazwischen längere Pausen, es geht um Befindlichkeiten, Alltagssorgen, den letzten Abend. Denise erzählt von der Großraumdisco mit Laser, Heike und Wodka, verschweigt jedoch den peinlichen Absturz, der nichts brachte, und trinkt immer wieder Wasser aus einem Tetra Pak. Anton hört ihr zu und nickt, er übersetzt ihren Abend in seine eigene Ausgehzeit zurück, als er durch die Clubs streifte und nicht wusste, wohin mit sich. Dann erzählt er von seiner neuen Berufung.

«Ich bin eine Art Star», sagt er.

«Ein Star?», fragt sie.

«In kleinem Format, ein Westentaschenstar, im Pocketformat sozusagen.»

«Was?»

«Ein Mini-Heino für die Szene.»

«Welche Szene?» Sie sieht ihn skeptisch bis belustigt an.

«Na, die Szene halt», sagt er. «Ich singe Lieder, und sie hören mir zu.»

«Und was für Lieder?»

«Lieder über dich und mich.»

«Über uns beide?»

«Nein. Oder doch. Über Menschen wie uns.»

«Und wie sind Menschen wie wir?»

Daraufhin lächelt Anton nur.

«Anders», sagt er. «Oder eben: so ein bisschen am Rand.»

«Am Rand», wiederholt Denise.

«Oder schon über den Rand hinaus. Die, die ferner liefen. Jenseitig, irgendwie.»

«Weiß nicht, was das heißen soll. Ich glaube an kein Jenseits.»

«Ich auch nicht.»

«Glaubst du an Geister?», fragt sie.

«Höchstens an die, die ich rief», sagt Anton.

Denise versteht wieder nicht.

«Glaubst du denn an welche?», fragt Anton.

«Nein, natürlich nicht.»

«Du lügst doch.»

«Nein, tu ich nicht. Aber –»

«Aber?»

Sie haben sich auf eine freundliche, leicht hügelige Lichtung gelegt und blicken in den Himmel. Die Bewegung der Wolken ist sichtbar wie lange nicht. Die Wolken bewegen sich schneller, als man gemeinhin mitbekommt. Man weiß das zwar, vergisst es aber immer wieder, denkt Denise und verfolgt ihre Drift. Eine Geduld hat sich in ihr ausgebreitet, die sie selten spürt. Die Atemlosigkeit ist weg, ohne in peinlicher Leere zu münden. Sie kann einfach so erzählen, und die Zeit ist kurz auf ihrer Seite.

«Meine Großmutter war eine seltsame Frau. Sie sah ein bisschen aus wie eine Echse, mit unterschatteten Augen und einem spitzzähnigen Mund, runzlig, obwohl sie eher dick als dünn war; immer auch kränklich und irgendwie durchsichtig, mit so verwässerter Haut. Sie trug beim Autofahren und auch sonst, wenn sie vor die Türe ging, einen Hut, einen Hut mit einer Feder obendrauf. Albern, wenn man heute daran denkt, aber damals ganz normal. Und sie ging mindestens einmal pro Tag vor die Türe, um frische Luft zu schnappen.

Ein paar Mal bin ich mit ihr rausgegangen; da war ich noch sehr jung. Sie war so alt, und ich war sonst nie mit ihr alleine, und so war sie mir auf unseren wenigen Spaziergängen ganz unvertraut und irgendwie unheimlich. Ich wusste nicht, was ich sagen sollte, und sie sagte auch nicht viel. Sie fragte nur immer: Warum kratzt du dich, Denise? Sind da Mücken, die dich stechen? Ich sagte: Nein, da sind keine Mücken, ich kratze mich nur einfach so. Und sie: Es juckt dich, einfach so? Da sind keine Mücken, die dich stechen, Denise? Wir gingen in der Abenddämmerung, der Himmel war noch orange von der Sonne, weiter hinten wurde es schon dunkel. Es gab eine Menge Mücken auf der Straße zum See. Sie flirrten manchmal in Schwärmen, an einer einzigen Stelle, wie in der Luft gefangen, verrückt.

Nein, mich juckte es einfach so. Ich fand diese Frage komisch, niemand fragte sonst, warum ich mich kratzte. War doch meine Sache! Mich juckt es einfach so, sagte ich also. Ich kratze mich halt. Es juckte einfach unter meiner Haut. Du bist wohl nervös, hat meine Großmutter gesagt und mich von weit oben angeschaut, unter ihrem Hut mit der Feder. Du bist wohl nervös, sagte sie noch mal. Nervös, das Wort kannte ich von meinem Vater, er sagte immer, er sei so nervös heute, wenn er am Telefon mit Peter aus Dresden reden musste. Da stand er dann da, im Blaumann oder im Trainingsanzug, sog an der Zigarette und kniff die Augen zusammen, wenn ihm der Rauch drin brannte. Er sah dann aus wie ein Zigeuner. Jedenfalls. Weiß ich nicht, sagte ich zu meiner Großmutter. Wir blieben am See stehen und sahen den Enten beim Schwimmen zu. Du musst nicht so nervös sein, sagte meine Großmutter, mit ihrer brüchigen Stimme. Es gibt keinen Grund, nervös zu sein, sagte sie. Kratz dich nicht so oft, hör einfach auf, dich zu kratzen. Dann hört es auch auf zu jucken. Hör auf, dich zu kratzen. Dann hört es auf zu jucken.

Als meine Großmutter starb, wurde mir klar, dass ich sie überhaupt nicht gekannt hatte, und ich bin mir nicht sicher, ob irgendeiner meiner Verwandten sich überhaupt die Mühe gemacht hatte, sie kennenzulernen. Sie starb an meinem zwölften Geburtstag, das heißt, da hörte ihr Herz auf zu schlagen. Ihr Sterben davor dauerte viel länger. Als die

Todesnachricht aus dem Krankenhaus kam, weinte mein Großvater, aber es war fast ein erleichtertes, vielleicht auch ein pflichtbewusstes Weinen. Er kauerte auf einem unserer Küchenstühle, die jetzt bei mir im Keller stehen. Ich versuchte, irgendeinen Sinn daraus zu machen, dass sie gerade an meinem zwölften Geburtstag gestorben war, aber mir fiel nichts ein, und ich legte mich bald schlafen. In der Schule soll ich die nächsten Wochen wie benommen gewesen sein, hat meine Bankkameradin sehr viel später gesagt, aber ich selbst habe davon nichts mitbekommen.

Als sie im Sterben lag, monatelang auf der Wohnzimmercouch, durchgescheuert, manchmal unvermittelt und urplötzlich aufschreiend, wurde sie mir noch fremder als bisher. Ihre Haut wurde immer dünner und durchsichtiger. Bald war ihr Handgelenk zu schmal für die Uhr, die sie ihr ganzes Leben getragen hatte, und die Uhr hing ihr schlaff um den Knochen. Dann hat sie sie nicht mehr getragen.

In der Endphase ihres Krebses spuckte meine Großmutter manchmal auf den Boden, keinen Speichel, sondern irgendwas Kleineres, vielleicht auch nichts, und es war bloß eine Idee in ihrem Kopf. Sie presste die Lippen zusammen und drückte mit einem hellen Zischlaut etwas hervor, ganz schwächlich. Ich stand im Zimmer, sie bemerkte mich nicht oder wollte mich nicht bemerken. Sie bemerkte nur noch selten jemanden, oder wollte es nicht. Nur meinen Cousin, auf dem Arm meiner Tante, den nahm sie noch wahr. Meine Tante hatte gesagt: Schau mal, das ist die Oma, und hatte den kleinen Jungen in seinem Latzanzug hochgehoben und hingehalten und immer wieder gesagt, ja, das ist die Oma, das ist die Oma. Meine Großmutter hatte alle ihre Kraft aufgebracht, um zu lächeln, aber es war kein Lächeln, es war eine verknitterte Fratze, ein viel zu breites Grinsen, die langen Zähne gebleckt, denen das Zahnfleisch wegschrumpfte, viel zu hässlich und verzerrt, um noch Lächeln genannt zu werden. Wie eine falsche Großmutter, hinter deren Großmuttermaske eine alte Wölfin wartet, die Lust auf Frischfleisch hat, die aber schon zu schwach ist, um noch zuzuschnappen. Mein Cousin konnte nicht zurücklächeln, er starrte sabbelnd und ernst diese Fratze an, die er nicht verstand, und vergrub sein kleines Gesicht dann im Pullover meiner Tante. Du musst auf der Hut sein, hatte meine Großmutter immer gesagt, aber du musst Ruhe bewahren dabei. Und tief ein- und ausatmen. Einmal am Tag. Zehnmal das Ganze.»

«Und dann ist sie dir erschienen», sagt Anton.

«Ja», sagt Denise. «Komisch, ich habe diese Geschichte noch nie erzählt, weil ich weiß, dass sie Unsinn ist, und weil das eh niemand glaubt. Trotzdem, sie war eine Woche tot, ungefähr, und ich ging alleine durch die Fußgängerzone. Da sah ich sie. Sie ging an mir vorüber. Erst erkannte ich sie nicht. Dann drehte ich mich um, und sie sich auch. Ich bekomme jetzt noch eine Gänsehaut.»

«Ich auch», sagt Anton.

«Sie war es. Ich sage dir, sie stand da und sah mich an, in ihrem Mantel, mit ihrem Hut, drauf die Feder. Und lächelte ganz milde und zuversichtlich. Sie winkte nicht, gab mir kein Zeichen, sondern stand nur da im Sonnenlicht und sah mich an. Die Sonne stand tief, meine ich, obwohl es Mittag war. Ich blieb stehen, war geblendet, nickte ihr zu, drehte mich um. Und ging weiter. Um es wahrzumachen, vielleicht. Um es nicht aufzulösen. Als ich mich dann noch mal umdrehte, war sie weg. Aber sie war es. Sie war es wirklich.»

Denise sieht Anton an.

«Das habe ich jedenfalls erlebt. Ob es wirklich wahr ist, weiß ich nicht.»

«Du hast es erlebt, und deshalb ist es wahr.»

«Genau. Und du bist der Erste, dem ich es erzähle.»

«Danke.»

«Dafür nicht», sagt Denise. «Du bist einfach da, und ich erzähle es dir, ohne dass es was bedeutet.»

«Das werden wir ja noch sehen», antwortet Anton, ohne zu wissen, was er damit meint.

«Jetzt du», sagt Denise.

«Jetzt ich?»

«Ja. Warum bist du in diesem Heim? Warum bist du überhaupt so abgefuckt? Bist du krank?»

✳

Das Gras ist ein weiches, grünes Bett. Anton könnte, wenn ihm alles zu viel würde, auch hier draußen übersommern. Jedenfalls würde ihn hier keiner so schnell finden. Ihm kommen Geschichten über Leute in den Sinn, die einfach verschwanden, sich auf ein Rad setzten und nie wieder gesehen waren, die auf einem Hochsitz im Wald Tagebuch führten und verhungerten. Solche Meldungen hatte er eine Zeitlang gesammelt und gemerkt, wie die «Verschwinder» (so nannte er sie) seine Helden wurden. Würde er verschwinden wollen, wäre hier ein gutes Ziel, hier im Gras, unter den Wolken. Sie würden ihn alle in Ruhe lassen.

«Das ist eine gute Frage», sagt er und blinzelt angestrengt. «Das ist eigentlich die große Frage. Sie wurde mir aber aus der Hand genommen. Ich kann und darf sie nicht mehr

119

selbst beantworten. Sie wird über meinen Kopf hinweg entschieden, von anderen, von Fremden, von Institutionen, Richtern und Beamten.

Das heißt aber nicht, dass die Frage damit wirklich beantwortet wäre. Nicht die Spur. Sie wird immer unbeantwortbarer und verschwindet vielleicht mit der Zeit. Bestimmt. Wenn man keinen Rabatz mehr macht, schweigen die Akten, und die Fragen verstummen. Ich weiß nicht, ob ich krank bin, ob ich es war oder gerade werde. Was heißt das schon, könnte man fragen; aber ich halte nichts davon, so zu tun, als sei alles Kranke letztendlich normal und das Normale krank. So ist es nicht. Was ich weiß: Ich wäre gerne offiziell krank und inoffiziell nicht. Aber es wird wohl genau andersherum ausgehen.»

«Andersherum?», fragt Denise und sieht die kleinen Krater in seinem Gesicht. Er kommt ihr vor wie ein mitteljunger Roy Black, der in der Pubertät eine wilde Akne durchstehen musste.

«Das Gericht wird feststellen, ich sei nicht genügend krank. In Wahrheit hat das, was ich die Phase oder den verrauschten Sommer nenne, aber mein Leben ruiniert. Ich meine, wer landet schon auf der Straße? Wer macht denn dreimal dreitausend Euro Schulden in einem Monat? Wer wird in Handschellen abtransportiert?»

«In Handschellen?»

«Das muss doch ein krankes Subjekt sein. Den muss man doch wegsperren und vergessen. Den hat man abgeheftet in den Ordner der Erniedrigten und Beleidigten. Peinlich, ihn zu sehen. Jedem sind die eigenen Probleme am nächsten, das ist schon klar. Ich will einfach die Chance haben, wieder okay zu sein mit allen. Doch die Chance gibt es nicht mehr. Sie sind alle woanders, und ich bin ihnen unheimlich.»

«Mir gar nicht», sagt Denise. «Du bist mir nicht unheimlich.»

«Aber ich bin nicht mehr wie früher, und ich werde es auch nie mehr sein. Vielleicht bin ich auch nicht krank, sondern nur geschädigt. Aber will man miterleben, wie diese Schäden sich weiter in einem ausbreiten? Weil es einfach kein Zurück gibt? Das ist wie eine Wunde, die schlecht vernarbt und zu wuchern beginnt. Der Körper will es wieder hinbekommen und schießt der Lücke Fleisch zu, aber es ist zu viel und zu falsch und daneben. Die Narbe bleibt, und sie bleibt sichtbar, und die Versuche des Körpers, sie zu heilen, machen es nur noch schlimmer.»

«Leg dich einfach in die Sonne», sagt Denise. «Es ist nicht so schlimm, wenn es da eine Narbe gibt. Deine ist nur auffälliger als andere. Leg dich in die Sonne und vertrau der Natur. Die Sonne hilft am besten gegen Narben.»

«Ich meinte das mit der Narbe metaphorisch», sagt Anton. «Ich habe keine Narbe.»

«Ich weiß, Mann», sagt Denise. «Glaubst du, ich weiß nicht, was eine Metapher ist?»

«Doch, doch», sagt Anton. «Aber manchmal weiß ich es selbst nicht mehr.»

✱

Aufschub und Schub. Anton hatte seinen Führerschein verloren, durch eine dumme nächtliche Alkoholaktion, und als Taxifahrer, dessen temporärer Job zum echten Beruf geworden war, konnte er ohne Führerschein nicht arbeiten.

Anstatt sich zu berappeln oder irgendetwas Sinnvolles zu machen, streunte er durch die Straßen seines Viertels und verlor schnell Rhythmus und Kontrolle. Die Beine waren leichter als sonst, und er beschleunigte den Schritt, ohne es zu merken. Bald marschierte er durch die halbe Stadt und verlor überflüssiges Gewicht, was sich gut anfühlte. Zu trinken begann er morgens, um den Rausch gar nicht erst abreißen zu lassen, und steigerte sich im Laufe des Tages mittels Hochprozentigem gleich in den nächsten Vollrausch. Dabei fühlte er sich klar wie nie, und alles lag offen zutage, die Fehler der Jahre zuvor, die ewige Trägheit, das Falsche seines Lebensweges. Er sah es alles als Zäsur, redete mit wildfremden Menschen bis tief in die Nacht, stürzte mit Frauen ab, die er sonst keines Blickes gewürdigt hätte, und verbrannte Fett- und Hirnzellen im Akkord.

Er kann es nicht mehr genau sagen, aber eines Morgens dann, nach mehreren wilden Nächten des Ausgehens und Trinkens, schien sein Hirn umgekippt zu sein wie ein vergifteter See. Das wusste er zu dem Zeitpunkt jedoch nicht. Er wachte auf und hatte Gedanken an Gott. Seine Haut brannte. Er war nicht gläubig, aber das spielte keine Rolle. Es war klar, dass Gott ihn, körperlich spürbar, meinte. Er hielt sich den Kopf, der vor Überforderung platzen wollte. Dann tat sein Fuß weh, und es schien, als sei da ein Krampf, der sich langsam bis zu seinem Herzen hocharbeiten würde. Eine Panik nahm von ihm Besitz, und er wählte schnell den Notruf. Er wisse nicht, was los sei, aber es sei sein Fuß, irgendwas sei da nicht in Ordnung, ob nicht jemand kommen könne, stotterte er in den Hörer. Bald klingelten die Johanniter und trampelten mit ihrer Bahre die Treppe hoch, zwei bärtige, muffelige Männer, schnaufend und schwer. Kurz war Anton klar, dass hier etwas falsch lief. Wieso hatte er überhaupt den Krankenwagen gerufen? Und doch, er fühlte sich hilflos und stammelte den Helfern etwas vor, die ihre Verwunderung, wenn sie denn vorhanden war, nicht zeigten. Sie hockten sich vor ihn, der auf seine Matratze niedersank, und baten ihn, doch einmal die Socken auszuziehen, was er umstandslos tat. «Ich sehe da einen Fußpilz», sagte einer der Bärtigen, «ich auch, da», bestätigte der andere. Ob das ein Witz war oder nicht, war Anton nicht zugänglich. Aber er nahm den Fußpilz sofort für etwas anderes, für eine Handlungsaufforderung oder eine Anklage oder gar ein Symptom, das in der Geheimsprache der Helfer für ein anderes Symptom stand, welches er vielleicht noch herausfinden musste. Die Sanitäter blickten ihn ungläubig an, nachdem er aufgestanden war und in Richtung Fenster gestikulierte. Pardon, sagte Anton, hier sei wohl etwas verrutscht, er sei verwirrt, irgendwas habe nicht gestimmt, aber jetzt stimme es bestimmt wieder. Die Sanitäter machten sich grummelig davon, und heute würde Anton gerne wissen, was sie denn auf dem Weg nach unten und dann im Wagen miteinander gesprochen haben, ob von möglichen Drogen oder einfacher Durchgeknalltheit die Rede war, oder von gar nichts, weil schon der nächste Einsatz drängte. Anton jedenfalls, so erinnert er sich heute, sah aus dem Fenster und dachte schräge Dinge.

Danach verblasst die Erinnerung und setzt erst wieder richtig bei einem Theaterbesuch ein, den Anton wutschnaubend abbrach, indem er das Theater türeknallend verließ und draußen auf seine Freunde wartete, um im Laufe des Abends einem der beiden einen Schlag zu versetzen, der diesen umhaute. Anton dachte nämlich, er habe Aids, und seine Freunde würden sich darüber lustig machen. Eine Unverschämtheit, die natürlich rigoros geahndet werden musste. Tief drinnen war Anton ein sehr moralischer Mensch.

Vier Tage später schien alles wieder normal zu sein. Erstmals seit langem spürte er wieder einen Kater und genoss diesen sogar. Er sah fern und ging nicht ohne seine alte Bettdecke durch die Wohnung, was er für sich «Cocooning» nannte. Auf Türklingeln und Anrufe reagierte er nicht. Die Zeit war nicht vorhanden.

Kurz darauf nahm er die ersten Kredite auf. Das Geld steht mir zu, dachte er. Bald würde er eh reich sein. Sein ganzes Leben lang hatte er den falschen Idealen hinterhergehechelt und würde in Kürze, da er frei davon wäre, eine bedeutende Erfindung machen, oder einen Hedgefonds leiten, etwas, was seinen Fähigkeiten entsprach und was ihn endlich auch gebührend entlohnen würde. Die Bankangestellten waren ihm sehr zugetan. Rhetorisch gewandt konnte er sie schnell von seinen Plänen überzeugen, bald nach Amerika zu gehen und dort ein Studium der Ingenieurswissenschaften aufzunehmen. Er bemühte sich, das Wort «engineering» fehlerfrei auszusprechen. Und so ging es weiter. Hier ein neues Konto, da eine Bahncard, die plötzlich auch als Kreditkarte funktionierte, ein weiteres Konto bei einer kleineren und noch eins bei einer Internetbank. Lag eine der neuen Karten im Briefkasten, konnte er es kaum erwarten, bis auch der PIN-Code nachgeschickt wurde. Dann hob er gleich etwas Geld ab und betrank sich auf die Zukunft. Er würde ein schönes Leben haben.

Anton kaufte sich neue Kleider, die er bald wieder wegwarf. Er lud fremde Menschen auf bunte Cocktails ein. Er ging fein essen, wenn er Hunger verspürte. Er kaufte Garnelen. Er reiste nach London, verbrachte dort überteuerte Tage und hing später auf Heathrow fest. Er verwüstete seine Wohnung. Er kaufte Champagner und warf die Flasche nach wenigen Schlucken gegen eine Wand. Er verlor zwei Computer und drei Handys. Oder wurden sie ihm gestohlen? Er weiß es nicht mehr.

Es ging schnell, und bevor Anton wieder zur Vernunft kam, hatte er sich die Zukunft verbaut. Das Gefühl des Höhenflugs war in Wahrheit der Schwindel des Absturzes gewesen. Es hatte nur nie einen Aufprall gegeben. Als er wieder zu sich kam, lag er da und wunderte sich, wo die guten Gefühle hin waren. Und das Geld. Und sein verfluchtes Leben.

✳

Auf dem Rückweg zieht sich der Himmel langsam zu, sie müssen schneller gehen, um nicht in einen drohenden Platzregen zu geraten. Denise erzählt Anton, ohne viele Worte zu haben, von ihrer New-York-Sehnsucht.

«Die hat jeder», merkt Anton an, «jeder will doch irgendwann nach New York.»

«Aber ich war noch nie da. Ich weiß, das hört sich wie Udo Jürgens an. Aber es stimmt. Und ich will nicht, dass das stimmt. Ich will einfach mal da gewesen sein, schon um zu verstehen, wieso ich überhaupt immer daran denke.»

«Vielleicht ist das New York, das du dir vorstellst, viel besser als das echte New York», sagt Anton. «Das New York, das ich kenne, ist groß und kalt und voller Touristen. Mehr nicht. Die Wolkenkratzer kamen mir ganz normal vor. Da ist nichts, das so besonders wäre. Ich mochte eine bestimmte

Pizza, die dünne Margherita, die es gleich bei der Columbia gibt. Aber das war's auch schon.»

«Was ist die Columbia?»

«Die Universität.»

«Wann warst du in Amerika?»

«Als Austauschschüler, mit siebzehn.»

«Und du würdest nicht zurückwollen?»

«Nein. Ich würde es auch nicht mehr schaffen. Will ich auch gar nicht mehr. Wenn ich hier durchkomme, in dieser verdammten Stadt, reicht mir das. Vielleicht werde ich mit sechzig woanders hingehen, wenn ich weiß, dieses Leben habe ich irgendwie geschafft. Wenn Zeit ist für Rente und Urlaub. Aber das kann ich mir dann wahrscheinlich gar nicht leisten. Ich kann ja nicht einmal die dreitausend Euro zurückzahlen.»

«Die sind irgendwann abbezahlt.»

«Nicht in diesem Leben. Ich komme ja nicht einmal normal durch den Monat. Wie soll ich das schaffen?»

«Hol dir einen Job. Fahr Pizzen aus.»

«Ich habe keinen Führerschein mehr.»

«Mach irgendwas. Kellnern.»

«Das kann ich nicht. Kann ich wirklich nicht. Das letzte Mal, als ich das versucht habe, haben die mich nach drei Tagen rausgeschmissen. Ich hatte zwar schon vorher gekündigt, aber die haben mich dennoch rausgeschmissen.»

«Mach einen Laden auf.»

«Mit einem Führungszeugnis, das Randale und andere kleine Schandtaten auflistet?»

«Mann, irgendwas. Mach Insolvenz.»

«Ich versuch's ja. Aber ich will nicht unter meinem Niveau leben. Dann lieber weg sein.»

«Was heißt das, unter deinem Niveau.»

«Das finde ich gerade heraus. Und du bist dabei, live und direkt.»

Spinner, denkt Denise.

Aber eigentlich will sie ihn umarmen.

*

Erinnerung sei das einzige Paradies, aus dem man nicht vertrieben werden könne, heißt es irgendwo, aber das stimmt nicht für die Leute, die die Sozialarbeiter «seelisch labil» nennen, weiß Anton. Die Erinnerung quält und befremdet ihn, wenn sie denn überhaupt verfügbar ist. Manchmal steigt sie aus dem Sud des Bewusstseins in einzelnen Blasen hoch, schillernden Einzelaktionen, die wie die Handlungen eines Fremden wirken, für die er sich schämt. Sie stehen all dem, was er einmal war, diametral entgegen. Scham schießt in ihm hoch, denkt Anton an die Zeit zurück, da ihm der Schaden zuteilwurde, und das Schlimme, und die Schuld. Er hat sich völlig verloren, und es ist nicht mehr rückgängig zu machen. Sollten die Schulden durch ein Wunder irgendwann abbezahlt sein, so wird das sein Ich noch lange nicht betreffen. Es bleibt unten, kaputt und zerschossen. Was kann da noch kommen?

Ein Lehrer, den Anton aus einer Kneipe kennt, hat ihm kürzlich bestätigt, dass er jetzt «auf der untersten Stufe der sozialen Leiter» angekommen sei. Dabei grinste der Lehrer hämisch. Das Schlimme war, dass er recht hatte. Und Anton dachte: Wenn das nur das größte Problem wäre, mein falscher, beschissener Freund.

«Ich werde einfach weitersingen», sagt Anton.

«Deine größten Hits?», fragt Denise.

«Meine größten Niederlagen.»

«Singst du mir was vor?»

«Ach, nein.»

«Schämst du dich?»

«Schon.»

«Aber du singst es doch Fremden vor.»

«Ja. Aber –»

«Sing einfach.»

Anton seufzt, schaut sich um und nimmt einen gefällten Baumstamm als Bühne. Dann balanciert er darauf herum, fuchtelt eckig mit seinen Armen in der Luft, um das Gleichgewicht zu halten. Schließlich holt er Luft, scheint sich innerlich Mut zuzusprechen und beginnt zu singen.

Denise findet es schief und seltsam, aber auch okay. Er hat eine hellere Stimme, wenn er singt, und die direkten, unverhohlenen Verse rühren sie fast an. Er sieht jetzt jünger aus, als er ist. Schließlich springt er vom Baumstamm herunter und landet fast in ihren Armen. Sie müssen lachen.

«Und, wie findest du es?»

«Komisch, aber irgendwie auch gut. Schräg, sagt man wohl.»

«Schräg. Würdest du stehen bleiben, wenn du mich auf der Straße hörst?»

«Nein.»

«Schade.»

«Ja, aber ich bleibe nie stehen bei so was.»

«Nicht?»

«Nein. Trotzdem finde ich es gut.»

«Das freut mich.»

«Dich.»

«Was?»

«Nicht es. Dich finde ich gut.»

FÜNFTES KAPITEL

Wie die plattgewalzte Zunge eines trägen Monsters schiebt sich das Warenband auf Denise zu, stockt, stoppt, ruckt, schiebt sich weiter. Sie zieht die Produkte müde über den Scanner, der biept ihr was, immer denselben Ton, wenn nicht gerade ein Fehler in der Decodierung passiert, dann gibt es einen anderen, tieferen Ton. Die Lichtschranke zieht die Ware unermüdlich in ihre Richtung. Sie kann das Band jedoch mit dem Pedal stoppen, wenn sie will. Alles wie immer, alles dasselbe. Wäre sie, wie einst geplant, Grundschullehrerin geworden, wäre sie vielleicht noch unglücklicher, obwohl es gewiss Abwechslung gäbe. Aber sie kommt ja kaum mit der eigenen Tochter zurecht, denkt sie, wie dann mit zwanzig bis dreißig Terrorzwergen, die ihr sicher den Kakao in den Rücken spritzen würden, den sie gerade eintippt, weil der Code nicht funktioniert.

Sie hat sich nicht verliebt, nein, eher *verfühlt*. Seit vorgestern denkt sie an Anton, aber nicht als eine Beute, sondern als etwas zu Bergendes. Sie fühlt etwas für ihn, aber vielleicht nicht genug; vielleicht ist er einfach zu wenig Arschloch und zu sehr kaputt, um wirklich ihr Interesse zu wecken, auf emotionaler, biologischer Ebene, so wie sie sich das vorstellt, so wie die grellen Wissenschaftsmagazine auf Pro7 die Evolution bebildern. Das heißt, sie interessiert sich schon für ihn, aber nicht als Körper, der sich für einen anderen Körper interessiert. Sondern eher als Herz, das einen Geist sieht und verstehen möchte. O Gott, denkt sie, während sie auf den nächsten Kunden wartet, wie seltsam gefühlig. Schwer zu sagen, alles. Weil sie heute kein Speed genommen hat, ist sie schläfrig und langsam. Sie mag ihn einfach, das weiß sie, und auf dem Weg zur Arbeit kam ihr ebendieses Wort in den Sinn: verfühlt. Ich habe mich verfühlt.

Einen Tag nach dem Treffen im Wald haben sie sich schon wiedergesehen, auf einen spontanen Kaffee im Backshop, und es war schön und ausgelassen. Sie alberten herum, malten Gesichter in den Zucker, und Denise fütterte Anton sogar einmal, steckte ihm sachte die Gabel in den Mund, was immer etwas Ursprüngliches und Peinliches hat, etwas von Mutterliebe und Nestbau, eigentlich nicht auszuhalten. Aber Denise ließ den Impuls zu, und Anton fügte sich und öffnete den Mund, und dann sahen sie sich irritiert und belustigt an. Überhaupt lief Anton zu großer Form auf, phantasierte sich in neue Geschäftskonzepte hinein, wie er zum Beispiel diesen Backshop kaufen und revolutionär umgestalten würde, sodass dreitausend Euro Gewinn nach der ersten Woche das Mindeste seien, und in der dritten Woche könnten sie also schon in den Urlaub fahren, zusammen mit Linda, mit Sonja, seiner Sozialarbeiterin, und alle wären glücklich. Später begleitete er sie zur Kita, um Linda abzuholen. Die war zwar ängstlich wie immer, wenn fremde Männer an der Seite ihrer Mutter auftauchten, aber sie rief nicht nach ihrem Vater, wie sie es sonst tat. Alles hatte sich leicht angefühlt wie selten.

Zwei Typen wanken heran und legen ihre Sachen aufs Band: Cornflakes, Milch, Butter, Bier und Schinken, alles vom Billigsten. Die beiden sehen nach Bauarbeitern aus Polen aus, aber sie sprechen deutsch und haben keinen Akzent, wenn Denise das richtig hört. Es schiebt und biept, und die Typen stehen vor ihr und starren sie an. Das heißt, einer starrt sie an und blickt zu seinem Kompagnon, als wollte er ihm irgendetwas sagen. Und ja, dann tuschelt er ihm auch etwas zu, und der andere tuschelt zurück, während Denise versucht, es zu ignorieren, die beiden nicht anzusehen. Aber sie kann das Grinsen hören. Mein Verfolgungswahn, denkt sie, es ist nichts, nur in meinem Kopf, und nennt ihnen den Endbetrag. Der eine winkt ab, als der andere einen Fünfer beisteuern will, und gibt ihr fünfzehn Euro. Dann beugt er sich vor.

«Der Rest ist für dich, Nadine.» Seine Augen sind ganz nah, geplatzte Äderchen darin. Sie verziehen sich zu mongolischen Strichen, als er in ein heiseres Kichern ausbricht. «Du kannst es doch gebrauchen, oder?»

Jetzt stimmt auch der andere Typ in das Gelächter ein, während der erste seine Zunge obszön heraus und in die Höhe streckt und mit der Hand Masturbationsbewegungen vollführt. Denise kann sich nicht bewegen, nichts sagen. Sie ist in Starre gefangen. Die beiden Typen packen sich ihre Tüte und nicken grinsend. Der zweite zwinkert Denise zu und sagt: «Bis später, Baby.» Dann stöhnt er kurz und innig. Die beiden gehen los, lachend, murmelnd, schnatternd. Ihr Geschnatter ist noch kurz zu hören, dann sind sie aus der Tür, in die Sonne verschwunden.

Denise zittert. Sie beobachtet ihre Hände auf der Kassentastatur. Unkontrollierbare Stümpfe mit fremden Auswüchsen sind das. Ihre Stirn ist nass, ihr Rücken brennt. Und dort kommen schon die nächsten Kunden, zwei Rentner, um die Ecke. Bleibt stehen, denkt Denise, ich kann nicht. Bleibt stehen oder sterbt, bitte. Die Rentner marschieren auf sie zu, die Eintopfdosen ordentlich im Einkaufswagen gestapelt. Denise sieht sie, sie laden behände ihre Waren aufs Band, schon fahren die Dosentürme auf sie zu. Sie kann sich nicht bewegen. Die Rentner sagen etwas, nennen Denise «Mädchen» und sorgen sich.

«Schon okay», sagt Denise, ihre Starre durchbrechend, und zieht die Dosen über den Scanner, eine nach der anderen, ohne die doppelten und dreifachen zu beachten. Als alles durch ist, kann sie wieder reden und nennt den Endbetrag. Die alte Frau sieht sie milde und mit feuchten Augen an. Ihr Mann zahlt.

Schon okay, denkt Denise. Und: scheißegal. Bitte.

✶

Letzte Akte. Der Gerichtstermin ist in drei Tagen. Anton hat sich eine gewisse Lässigkeit zugelegt, eine Schicksalsergebenheit, die ihn immer unberührbarer macht, je näher der Termin rückt. Alles scheint egal, immer egaler, je mehr Mahnungen und Vollstreckungsbescheide eintrudeln, je enger sich die stoischen Hände der Gerichte und die prolligen Krallen der Inkassounternehmen um seinen Hals legen. Und bald zudrücken. Immer wieder zudrücken. Bald endgültig. Das alles ist gar nicht fassbar, es ist nicht da, die Sonne scheint weiter über Gerechte und Ungerechte, Tote und Lebendige, alles macht weiter, und so wird auch er einfach weiter ruiniert, wobei nichts davon sichtbar ist, keine Einschusslöcher, keine Verletzungen, nichts. Nur das Konto ist leer. Und wird leerer. Obwohl das gar nicht geht.

Schon erkennen sie ihn wieder, wenn er an der Ecke steht, durch die Bars und Kneipen zieht. Die Szenegröße, der schräge Vogel, da ist er wieder: Die Aufmerksamkeitsökonomie ist ganz auf seiner Seite, aber mehr Ökonomie ist nicht, denn er kann sich nicht einmal einen Kasten Bier oder ein Mikrophon davon kaufen. Und er will es auch nicht. Dennoch singt er, gestern Abend und heute Abend, während er merkt, wie die eigenen Zeilen, die doch eine Notlage ausdrücken sollen, immer weniger und bald schon nichts mehr bedeuten.

Manche erinnern sich an ihn, wie er aufgekratzt und besoffen durch die Bars zog und die Leute nervte, bis hin zur Prügelei. Sie sehen einen weiteren Fall in ihm, mehr nicht. Den gibt es nicht mehr lange, also können wir ihn noch mal lassen. Ein Barkeeper mit Krawatte wirft die CD ein, und Anton legt dazu seinen Playbackauftritt hin. Die Leute feiern oder verhöhnen ihn – es ist nicht genau auseinanderzuhalten. Er geht mit der Grazie eines Dandys und einem geliehenen Hut durch die Reihen und bekommt hier und da etwas Münzgeld. Es sagt ihm alles nichts, aber er beendet den Auftritt mit Grandezza. Ein Typ, der von sich behauptet, Journalist zu sein, bittet Anton um seine Nummer. Anton gibt sie ihm. Der Journalist sagt, er werde sich melden, das könne ein ziemliches Ding werden, und Anton weiß nicht, ob der Typ nun seinen Artikel oder wirklich ihn selbst meint. Männer nicken ihm zu und machen zustimmende Gesten wie bei Facebook. Frauen lächeln ihn an und scheinen interessiert. Und Anton weiß nicht einmal, woran.

Schließlich kommt er am Abend in der Asozialenkneipe, wo sie ihn noch nie mochten, wieder zu sich. Er hat knapp fünfzig Euro verdient, davon schon zwei Currywürste gegessen und sich Zigaretten gekauft. Einen Zehner kann er jetzt getrost versaufen, zumal bei dem guten Preis von zwei Euro für den halben Liter. Manche erkennt er wieder, und sie ihn auch. Da ist der Elektriker, der immer vor seinem Weizen sitzt und Trübsal bläst. Da ist der Klempner, der jetzt Trödler ist und Anton einmal für fünfzig Euro einen lausigen Küchentisch samt Kneipenstühlen verschacherte. Da ist der Taxifahrer ohne Zähne. Das ist der zutätowierte Typ aus Altona, den sie den Fischkopp nennen. Alles wie immer, nur alle älter. Die Tresenkraft, eine junge Italienerin, die Anton noch nie über den Weg traute, erkennt ihn und stelzt auf ihn zu.

«Du hast hier Hausverbot, weißt du das?»

«Echt? Aber das ist doch schon so lange her.»

«Ja.»

Pause.

«Aber du scheinst ja wieder normal zu sein.»

«Wie man es sieht.»

«Also, was willste.»

Nach anderthalb Bieren entkrampft sich seine Wahrnehmung, und sein Gemüt hellt auf. Es ist ja nicht so, dass er gar nichts trinken dürfte. Das hat der Arzt nicht gesagt. Und sowieso, wer hört schon auf Ärzte. Anton wird wieder gesprächig. Unter der skeptischen Beobachtung der Italienerin redet er kurz mit seinem Thekennachbarn, der ihm erklärt, dass das Olympiastadion gar nicht von Hitler gebaut wurde. Nicht? Nein. Das sei nur Ausdruck der Zeit gewesen, Monumentalarchitektur. Und das Drehbuch des Krieges, das sei schon geschrieben gewesen, da hätte der Hitler noch versucht, Bilder zu malen. Aha. So hatte Anton das noch gar nicht gesehen.

Er weiß, dass diese Leute ihn nicht mögen, und er mag sie

ebenfalls nicht. Doch der Clou ist: Sie mögen auch einander nicht. So steht alles in einem Gleichgewicht der gegenseitigen Verachtung. Und dennoch steht Anton noch weiter außen vor als die anderen. Er, der unter den Bürgerlichen der Prolet ist, ist hier der Bürgerliche. Und der Durchgeknallte. Und der Spion. Und er weiß, dass kein normales Gespräch möglich ist. Denn die sogenannten einfachen Leute, die es gibt, stoßen ihn, machen sie den Mund auf, so brutal vor den Kopf, dass ihm das Wort im Halse stecken bleibt. Die Proleten hassen Anton, schon allein wegen seines Aussehens, wegen seines Auftretens, das er mit sich führt, weil es ihn geformt hat. Sie rotzen und rülpsen ihm ins Gesicht, bevor er mit ihnen ins Gespräch kommen kann. Das ist die bittere Wahrheit. Er kann nicht mit den Menschen reden, nicht mit den oberen, nicht mit den unteren.

Fünf Stunden später aber ist Anton sturzbetrunken, Wodka, Biere und ein Gesöff namens Orgasmus haben ihn völlig enthemmt, und er fühlt sich wohl dabei. Eine alte, nicht ältere, sondern wirklich alte Dame will mit ihm ins Gespräch kommen. Er lallt zurück, was ihm einfällt. Die Dame rückt ihren Ausschnitt zurecht, in dem zerknittertes Fleisch zum Vorschein kommt. Von rechts redet ein Typ ihnen dazwischen, was er denn mit der Friedhofsmuschi wolle. Anton sagt «so geht das nicht, du nennst sie nicht Friedhofsmuschi», was wiederum die Italienerin mit halbem Ohr mitbekommt und Anton maßregelt: «Noch einmal so ein Ausdruck, Anton, und du bist draußen.»

«Aber», sagt Anton, verfällt dann in Schweigen. Wenn er betrunken ist, denkt er, dass er sich eben doch mit den Menschen verstehen kann, durch einfache Gesten vielleicht, wie

Anstoßen, Nicken, leichtes Winken. Und gerade noch hat er mit diesem Typen angestoßen, also werden sie schon okay miteinander sein. Der Typ rückt ihm auf die Pelle und sagt wieder etwas von der Leiche, die Anton wohl verteidigen oder gar ficken wolle, und dass er ihm noch einmal widersprechen soll, noch einmal.

«Wieso widersprechen», sagt Anton, «wir unterhalten uns. Gerade haben wir uns über meine Frisur unterhalten, du hast mir noch Ratschläge gegeben, und dann haben wir über deine Tochter geredet. Ich meinte nur, dass du die Dame –»

«Noch einmal etwas über meine Tochter», sagt der Typ, «ich habe dich gewarnt. Sag noch einmal Tochter, noch einmal.»

«Tochter», sagt Anton.

Man kennt das aus Comics. Ein kleiner Anlass, und plötzlich prügelt sich das ganze Dorf. Anton sieht den Typen noch kurz vor sich, dann hat ihn etwas getroffen, das man gemeinhin «Kopfnuss» nennt, ein verniedlichender Ausdruck, denn der Typ rammt mit aller Wucht die eigene gegen, nein, eher *in* Antons Stirn, worauf dieser aber nicht niedersinkt, sondern sich noch zu verteidigen versucht, vergeblich, denn es wird schon schwarz um ihn, und das Blut spritzt in die Augen und auf den Boden, wo Anton nun liegt, ohne sich wiederzufinden. Der Trödler und der Fischkopp kommen ihm sofort zu Hilfe und ziehen den Typen, der weiter auf Anton einschlägt, von dessen laschem Körper.

Das Nächste, was Anton mitkriegt, passiert auf dem Klo. Anton hält sich die Platzwunde mit Toilettenpapier zu, während Fischkopp sich ebenfalls Blut aus dem Gesicht wäscht. Anton fragt, was denn mit ihm passiert sei, und Fischkopp sagt: «Das ist dein Blut, Mann, gib mir zehn Euro.» Anton ist so perplex und dankbar, dass er ihm die zehn Euro gibt, das letzte Geld, was er hat. Als er wieder an seinen Platz will, sagt die Italienerin, sie habe das mit der Chefin abgesprochen, Anton habe jetzt Hausverbot. Der Typ ist verschwunden, die alte Dame auch. Anton weiß nicht, wie lange er weggetreten war, wie viel Zeit vergangen ist. Er will sich wehren, obwohl er weiß, dass das Hausverbot ihn eh nicht mehr betreffen wird. Aber das lässt er sich nicht gefallen. Sollen sie ihn doch zusammenprügeln bis zum Ende, hier und jetzt, wenn sie ihn schon mehr hassen als der Rest, wenn hier, immerhin, noch irgendwelche Gefühle gegen ihn gehegt werden und nicht die nackte Gleichgültigkeit herrscht. So geht er jedenfalls nicht, und das lässt er sich nicht gefallen, nein. Und das sagt er auch. Doch die Italienerin weist ihm nur die Tür. Und wenn er nicht von selbst gehe, hole sie eben die Polizei. Da kommt der Trödler, nimmt Anton am Arm und führt ihn hinaus. Er habe doch wohl genug für heute?, fragt der Trödler. Nicht nur für heute, sagt Anton, nicht nur für heute. Aber da steht er schon alleine vor der Kneipe, wird von den Passanten angegafft und geht dann endlich davon. Sein Equipment bleibt in der Kneipe.

Sie hat sich krankgemeldet und liegt im Bett. Herr Schubert musste die Schicht übernehmen, aber das ist ihr egal. Schubert hängt eh viel zu oft auf Kosten der anderen faul und untätig im Lager herum. Linda ist in der Kita. Fast hätte Denise sie alleine losschicken wollen. Aber das ging natürlich nicht. Noch sechs Stunden, bis sie ihre Tochter wieder abholen muss. Davor einkaufen, kochen. Böse Aufgaben, kaum zu bewältigen. Denise atmet, so gut sie kann.

Es ist noch immer kein Geld auf ihrem Konto eingegangen. Sie checkt und checkt und glaubt es nicht. Die Videos auf dem Portal würde sie am liebsten alle löschen. Sie sieht sich selbst als Eyecatcher, verzerrt und verwaschen, und schließt die Augen. Ihr wird übel. Dazu würde sie den beiden Bauarbeiterärschen von gestern am liebsten die Finger in die Nasenlöcher schieben, sie durch einen belebten Raum ziehen und dann in eine versiffte Ecke werfen, mit einem beherzten Ruck dazu, der ihnen die fettigen, porösen Nasen gleich noch zerfetzen würde. Oder einfach die Augen ausstechen. Nie mehr glotzen. Oder die Schwänze abschneiden. Nie mehr ficken. Oder. Oder.

Denise ist nicht gut im Schmieden von Racheplänen, aber heute drängen sie sich ihr regelrecht auf. Und die Vorwürfe an sich selbst: Wieso war ich stumm und klein? Wieso habe ich sie nicht beschimpft? Als pornosüchtige Wichser bloßgestellt? Es abgestritten? Wenigstens den Mittelfinger gezeigt? Nichts hat sie getan. Krank stellt sie sich heute, das ist alles. Aber sie ist es auch. Nur nicht auf die Weise, die ein Arzt verstehen würde. Morgen muss sie wieder in den Supermarkt. Das ist klar. Panik ist in ihr. Sie atmet, beruhigt sich. Sie redet sich ein, dies sei Freizeit.

Und doch, dann: der Trotz, diese neue Stärke. Und wenn, denkt sie, und wenn. Die armen Säue sind die anderen, nicht ich. Es ist egal. Ich bin unberührbar. Ich habe Anton. Und hätten mich alle Männer der Welt besudelt, wiederholt sie mit jedem Atemzug, sie kennen mich nicht, sie haben mich nicht, ich bin unberührbar, für jetzt und immer und ewig, und Schluss.

Als sie in den Chatroom geht, weiß sie nicht, was zu sagen wäre. Sie redet dennoch mit Leuten und merkt, dass sie sich immer fast schon unterwürfig auf den jeweiligen Chatpartner einstellt, die Redeweisen und Eigenheiten des anderen teils übernimmt, teils schon vorausahnt und vorauseilend anbietet, die lächerlichen Smileys, Emoticons, Abkürzungen, all den Dreck. Denise ekelt sich vor sich selbst. Wer ist sie überhaupt? Geht das allen so? Ist das schlimm oder gut? Ist man nie man selbst? Ist das egal? Oder ist das krank?

Auf Facebook posten sie nur idiotische Links, die witzig sein sollen, deren Witz Denise aber völlig verborgen bleibt. Sie überlegt, ihren Account zu löschen. Aber sie weiß, dass sie die entsprechende Funktion erst zwischen tausend anderen Optionen suchen und dann eine absurde Prozedur der Nachfragerei durchlaufen müsste (willst du wirklich und warum, der und der wird dich sehr vermissen), bis sie es endlich geschafft hätte. Das kann sie sich gerade nicht geben. Sie lässt es und loggt sich aus. Sie wollte ihren Account eh nicht löschen. Das heißt, sie will es immer wieder, sie wird es aber nie machen.

Im Kühlschrank ist noch ein Schluck Milch, den sie gierig wegtrinkt. Dann raucht sie eine Zigarette und trinkt Leitungswasser. Sie starrt die Wand mit den Kinderzeichnungen an und hat, wie sie es im Internet nennen, «Kopfkino». Sie erzählt sich Geschichten von sich selbst, in einem TV-Format, das zwischen öffentlich-rechtlicher Betroffenheit und dem Marktgeschrei der Privatsender oszilliert. Sie erzählt sich eine Geschichte, wie sie in fünf oder zehn Jahren über diese Zeit jetzt reden wird.

«Ja», sagt sie dabei in Gedanken in die Kamera, «wie fertig ich war, damals, das verstehe ich heute selbst kaum mehr.

So weit unten, so *down* wirklich, gehetzt und geschändet, alles fürs Kind. Die Zeit hatte so ein Gewicht. Und immer auf Speed», sagt sie und sieht sich jetzt im imaginären Bildschirm, sie redet in die Wohnzimmer, und ihr Name ist unten eingeblendet, es geht um Lebensläufe, die noch einmal gutgingen.

«Ich kannte es nicht anders, ich kam vom Techno, und es war nicht einfach, sich aus diesen Zusammenhängen zu lösen. Ich war innerlich gebrochen, ich habe, wer macht das schon, Pornos gedreht. Ich habe Pornos gedreht. Das wäre mir vorher nie in den Sinn gekommen, und nachher auch nicht, und währenddessen eigentlich auch nicht. Das war so ein Leben im Autopilot, einfach machen, nicht denken, bloß nicht denken, wissen Sie. Dann knallte es, aber wie. Und rückblickend muss ich sagen, dass dieser Zusammenbruch meine Rettung war. Noch einmal ganz von vorne anfangen, das hat mir geholfen. Wahrscheinlich säße ich heute gar nicht hier, wenn diese Katastrophe nicht passiert wäre, und wo Linda wäre, ich will es mir gar nicht ausmalen. Das hat mich gerettet. Heute bin ich okay. Ich will nicht sagen, dass ich glücklich bin, aber ich bin okay, und das ist mehr, als ich erwarten konnte.»

Draußen ist das Licht schön und anders, denkt Denise und wundert sich über diese Wahrnehmung, die ihr wie angelesen vorkommt. Sie atmet am offenen Fenster und fühlt sich kurz wohl. Hier, am Fenster, ist ihr Platz, denkt sie. Nicht draußen, nicht drinnen. Genau dazwischen. Und kurz vorm Fallen. Kein Problem.

✳

«Mit dem Rad. Ich bin hingeknallt.»

«Mit welchem Rad?»

«Geliehen.»

«Besoffen, oder was?»

«Nein, ich trinke noch immer nichts.»

«Soso», sagt Sonja. «Das hätte aber genäht werden müssen. Leider geht das nur bis vier Stunden nach dem Unfall.»

Sie untersucht die Wunde, über der sich schon Schorf gebildet hat. Ihre milden Augen sind Anton ganz nah, sehen aber nicht ihn, sondern nur die Wunde auf seiner Stirn an, was einen seltsamen Effekt zur Folge hat. Anton fühlt die Nähe, ist aber gleichzeitig nur Objekt der Betrachtung.

«Okay», sagt Sonja, «das wird eine Narbe geben. Jetzt ist nichts mehr zu machen.»

«Das sag ich mir jeden Morgen.»

«Anton.» Sie schüttelt grinsend den Kopf.

«Aber beim Nähen gibt es auch die kleinen Einstichnarben später. Dann sieht's aus wie im Comic. Ist schon okay so. Die Natur richtet es schon ein.»

«Das wird noch wuchern, ich sag es dir. In Italien habe ich mir am Bein so was zugezogen, das sieht nicht feierlich aus.»

Jetzt sieht sie ihn direkt an. Braune, feuchte, sanfte Augen. Die Routine der professionellen Zuneigung für die Erniedrigten und Beleidigten.

«So. Und jetzt müssen wir mal ein paar Anrufe machen.»

«Sonja.»

«Nein, wirklich. Ich habe hier einiges von dir auf dem Schreibtisch. Komm.»

Die neuesten Inkassoschreiben sind da. Kaffee wird kredenzt, Zucker gereicht, Briefe werden aufgerissen und nach Datum einerseits, nach Forderungshöhe andererseits sortiert. Anton studiert die Aufstellungen und kommt zu keinem Ergebnis.

«Das sind doch alles falsche Beträge, da haben sich die Hauptforderungen im Nu verdoppelt», sagt er, «das hat doch alles keinen Sinn.»

Sonja schiebt ihm das Telefon hin. Verdonnert zur Schadensbegrenzung. Er ruft Hermann an. Der sagt, er solle alles zum Gerichtstermin mitbringen, er schaue sich das dann an. Sonja nickt und hebt die Augenbrauen, was Anton nicht ganz decodieren kann. Will sie sagen, schau, so sind deine Freunde, Hilfe kriegst du nur bei mir?

«Okay, ich kann ihm alles mitbringen am Donnerstag.»

«Aber anrufen musst du jetzt trotzdem. Wenigstens hier, E-Plus.»

«Die Schweine. Die verkaufen die Forderungen doch einfach an die Inkassoverbrecher. Und die schlagen dann stündlich was drauf. Die sogenannte Hauptforderung bleibt dieselbe.»

«Trotzdem muss man was machen. Oft lassen die sich auf einen Vergleich ein.»

«Ich weiß. Mistvergleiche.»

«Einen Anruf, Anton.»

Er landet in einer Warteschleife und wird rhythmisch mit dem Namen des Rechtsanwaltsbüros belästigt. Dann meldet sich eine dunkle Damenstimme und fragt ihn, bevor er von seinem Anliegen erzählen kann, nach seinem Aktenzeichen. XY unbeschwert, will er sagen, verkneift es sich aber. Mit der Arroganz des Verzweifelten buchstabiert er die Zahlen- und Buchstabenfolge hin. Jetzt noch Geburtsdatum und Meldeadresse. Im Hintergrund reden Menschen durcheinander, Großbüroatmosphäre, es klingt nach dem, was es wahrscheinlich auch ist: ein plumpes Callcenter. Outsourcing der Schicksale. Was kann ich für Sie tun.

Anton druckst herum und sagt dann, dass er die Forderung derzeit nicht zahlen könne. «Wie viel können Sie denn zahlen», fragt die Dame.

«Eigentlich gerade gar nichts, aber hören Sie bitte kurz zu. Es ist damals einiges schiefgegangen in meinem Leben, es war ein Chaos, es ist jetzt nicht sehr angenehm, darüber zu reden, aber es wäre gut, vielleicht in einen Dialog treten zu können, vielleicht über einen Vergleich.»

Die Dame am anderen Ende der Leitung übergeht seine Apologie und klingt plötzlich unwirsch.

«Diese Möglichkeit haben Sie sich bereits verbaut», sagt sie, «bei solch alten Forderungen können wir leider nicht mehr auf Sie zukommen, es läuft ja bereits die Zwangsvollstreckung, wurde Ihr Konto gepfändet?»

«Es ist ein P-Konto», sagt Anton, der sich denkt, dass sie wahrscheinlich eines seiner alten Konten im System haben.

«Wurde das Konto gepfändet?»

«Ja», sagt Anton, Hauptsache, sie wissen nichts von seinem neuen Konto, fürs Erste.

«Wie viel könnten Sie zahlen im Monat?»

«Ich weiß nicht, fünfzig Euro.»

Sonja reißt die Augen auf und winkt ab.

«Ich weiß es nicht», sagt Anton, «ich habe hier ja nicht einmal eine echte Forderungsaufstellung zugeschickt bekommen.»

«Die kriegen Sie», sagt die Frau, jetzt wieder mit sanfterer Stimme, «wenn wir eine Ratenvereinbarung getroffen haben, fünfzig Euro sind doch ein Anfang.»

«Ja», sagt Anton, «also machen wir das so.»

«Gut, ich mache alles fertig, ab wann wird die Zahlung einsetzen?»

«Sobald Ihre Aufstellung hier ankommt», sagt Anton.

«Nein», ruft die Callcenterfrau, «Sie haben hier gar nichts mehr zu fordern, wir brauchen einen genauen Termin.»

«Hören Sie, wer sind Sie überhaupt», sagt Anton, «Sie sind doch nur ein Callcenter, Sie werden wahrscheinlich noch an meiner Ratenhöhe beteiligt, Sie sitzen da und blocken nur alle ab, Sie haben doch gar keine Entscheidungskompetenz!»

«Ich arbeite für das Anwaltsbüro, und Ihnen wird nichts anderes übrigbleiben, als mit mir zu kommunizieren», sagt sie kühl. «Wir brauchen einen genauen Termin.»

«Dann ab dem Zwanzigsten», sagt Anton mit müdem Blick auf den Tischkalender.

«Ich trage ab dem Fünfundzwanzigsten ein», meldet die Frau, «dann haben wir die Trägheit der Banküberweisungen mit eingerechnet.»

«Ja», sagt Anton. Er kann sich nicht wehren. Er kann nicht einmal mehr wütend werden.

Er möge noch eine schöne Woche haben, sagt die Frau und legt auf.

«Aber», sagt Anton.

Sonja sieht ihn mitleidig an. Er fühlt sich über den Tisch gezogen und traurig, und er weiß nicht einmal, ob er sich zu Recht so fühlt.

«Wieso hast du das gemacht», fragt Sonja. «Mündliche Verträge sind auch Verträge.»

«Es ist eins. Die pfänden und pfänden. So pfänden sie wenigstens etwas später.»

«Du kommst in Teufels Küche.»

«Ich bin schon in Gottes Mülleimer. Das reicht.»

«Mann, Anton.»

«Darf ich noch mal telefonieren? Privat?»

«Aber schnell.»

Er wählt die Nummer von Denise, lächelt bereits charmant, weil er sich freut, weil er gute Stimmung verbreiten will. Sonja beobachtet ihn heimlich, und er genießt es, vor ihren Augen kurz auf irgendeiner Sonnenseite zu stehen, die sie nicht kennt, und sei es nur für ein Gespräch. Doch Denise hebt nicht ab. Er drückt weg und sagt: «Nicht erreichbar, wie immer. Was soll's.»

«Jaja», sagt Sonja und lächelt mild, «du und die Frauen.»

Auf Abwegen, auf der anderen Seite. Denise nimmt den höherwertigen Supermarkt im Einkaufscenter, sogenannte Arkaden, untere Etage, sie hat keinen Einkaufszettel geschrieben, sie muss alles aus sich selbst herausleiern und denkt, das gibt es doch nicht, dass ich es so entwürdigend finde einzukaufen. Es ist als Akt eine einzige Demütigung, und nichts ist kundenfreundlich, es ist alles nur der letzte Nepp. Ihr Herz rast, während sie versucht, sich zu erinnern, was sie denn jetzt noch braucht, eigentlich alles, eigentlich ist nichts mehr im Kühlschrank, oder wie war das. Sie stellt sich Linda am Küchentisch vor und denkt, also, was braucht sie jetzt, um satt zu werden: Brot, Butter, Fleischwurst, Teewurst, Milch. Das morgens, für den Anfang. Mittags isst sie im Hort, abends braucht sie nicht unbedingt etwas Warmes, oder vielleicht doch, und Denise schielt hinüber zu den Konservenbüchsen. Sie kann auch nicht immer etwas Frisches kochen, es ist ein Notfall, was kochen denn die anderen im-

146

mer, ihr fallen Kartoffeln ein, sicher, einen Beutel Kartoffeln, damit macht man nichts falsch. Mehlig oder festkochend?

Am Regal mit den Konservenbüchsen vorbeigeschlendert, hat sie vier Dosen in den Wagen gelegt. Alles nur fürs Erste. Die Leute um sie herum scheinen alle genau zu wissen, was sie einzukaufen haben, sie vergleichen Preise und Mengen und fühlen sich auch noch wohl dabei. Denise verweilt vor dem Brot. Das ist alles *Scheiße* hier, denkt sie. Aber sie kann sich nicht zu dem Entschluss durchringen, später beim Bäcker noch etwas zu kaufen, das hält sie nicht durch, das Reden, das Entscheiden vor Publikum. Hier hat sie Zeit.

Sie entziffert die Warenbezeichnungen: Roggenbrot, Bauernschnitten, Toastbrot, das Herzliche, das Vierkornbrot, was denn nun. Lächerlich. Da, Vollkorntoastbrot, hinein und weiter. Sie fühlt sich absolut terrorisiert von den Kaufbefehlen und Sonderangeboten und Produktreihen und Warensegmenten. Das darf doch alles nicht wahr sein, und in so was verbringe ich den größten Teil meiner Zeit, denkt sie, und sie weiß nicht, ob sie den Supermarkt meint oder nicht doch etwas Größeres, Umfassenderes, ihr Leben etwa oder gleich die ganze Welt.

Am Ende des Konservengangs, auf dem Weg zu den Kartoffeln, meint Denise den Typen von vor drei Nächten wiederzuerkennen, er hat eine Basecap auf dem Kopf und iPod-Knöpfe in den Ohren, er ist mit einer Frau unterwegs, die sie sofort als «Halblesbe» identifiziert: kantige Bewegungen, Kurzhaarschnitt, weggeschnürte Brüste, aber dennoch grazil. Denise kennt solche Kaliber, und sie sind ihr die widerlichsten. Sie tut, als wäre sie in die Teesorten vertieft, hat einen Schweißausbruch und dreht um. Sie bleibt vor den Zeitungen stehen, irgendein alter Schauspieler, den sie nicht kannte, ist gestorben. Es berührt sie, dieses eingefallene Alkoholikergesicht mit den melancholischen Triefaugen zu sehen. Kurz denkt sie, jede Sekunde, die ich jetzt lebe, überlebe ich den da, den ich nicht kenne. Das stimmt sie weder froh noch traurig; es ist einfach eine Tatsache, die ihr jetzt in den Sinn kommt und die sie dann für immer vergessen haben wird. Denise merkt, dass sich der Basecapträger und die Halblesbe in die Schlange einreihen, wodurch die Bahn zurück in die Gänge frei wird. Sie zerrt das Ungetüm von Einkaufswagen, das zeternd über den Boden schleift, zwischen die Hygieneprodukte. Dort ist ihr Kopf wieder leer, und sie muss sich mühsam daran erinnern, wozu sie hier ist, was sie noch suchen muss, was ihr noch fehlt.

∗

«Wie sieht es denn hier aus?» Cathrin ist vorbeigekommen, für eine Unterschrift. Sie sieht sich um, in Antons Zimmer, und kann es kaum fassen.

«Es ist halt nicht mein Zuhause.»

«Aber ein wenig liebevoller könntest du das hier ja schon gestalten.»

«Ich habe einfach keine Lust», sagt Anton. Und ergänzt: «Aufs Aufräumen, meine ich.»

Cathrin hat verstanden, wirft ihm einen kühlen Blick zu und rümpft verächtlich die Nase, ein Tic von früher, der sich inzwischen zur Schrulle ausgewachsen hat. Anton weiß nicht, ob er es sich einbildet, aber es könnte sein, dass Cathrin ihn gerade, trotz allem, anziehend findet. Sie atmet schwerer, bewegt sich langsamer als sonst. Allein dieses Zimmer, das Chaos der nackten Existenz – so etwas sieht sie doch sonst nie. Er versucht, sie durchdringend anzublicken. Er weiß nicht, ob es gelingt, und, falls es gelingt, ob es ankommt. Die Bilder von früher blitzen wieder auf. Der bloße Fakt, dass sie einmal etwas miteinander hatten, macht ihn leicht geil. Aber vielleicht bildet er sich selbst das nur ein. Eigentlich hat er nur sehr großen Hunger.

Als sie ihn im Zentrum absetzt, will er das Ungesagte einmal, nur einmal ansprechen, aus einem Impuls der Grausamkeit vielleicht. Er schnallt sich ab.

«Ach, und das ist klar, ich werde nie auch nur ein Wort über uns verlieren. Egal, wie es mir geht.»

«Was meinst du, Anton.»

«Du weißt es genau.»

«Ich verstehe nicht ganz.»

«Ich sage schon nichts. Keine Sorge.»

«Anton, ich weiß nicht, was mit dir los ist. Du scheinst dir da etwas einzubilden.»

«Ach, komm, jetzt hör auf. Ich sag ja nichts. Aber leugnen musst du es jetzt auch nicht.»

Cathrin schüttelt nur mitleidig den Kopf. «Anton, ich hoffe, es wird dir bessergehen. Bald.»

«Du leugnest es einfach?»

«Da war nie etwas.»

«Ach, so willst du das also haben. So ist das also.» Jetzt schüttelt er langsam den Kopf. Die Enttäuschung sitzt tief.

«Du machst mir Angst, Anton. Oder eher: Ich habe Angst um dich. Die Wirklichkeit kommt dir abhanden.»

«Das ist so perfide.»

«Das ist die Wahrheit. Aber wir stehen an deiner Seite, egal, was passiert.»

Anton fehlen die Worte. Er öffnet die Tür und manövriert sich umständlich hinaus.

«Ist okay, Cathrin. Ist schon okay.»

Sie nickt und wartet. Er hängt noch in der Tür.

«Und wenn da etwas gewesen wäre, es würde mir eh keiner mehr glauben, was?» Er kommt sich wie betrunken vor, so haltlos und wütend, fast schon lallend.

«Bis Donnerstag, Anton. Wir lassen dich nicht fallen.»

Er will noch etwas sagen, doch dann hat er, weil ihm nichts einfällt, die Tür schon trotzig zugeworfen, und Cathrin ist, so schnell es geht, im Berufsverkehr verschwunden.

Dieses zerschossene, umstellte Leben, denkt Anton. Weit und breit keine Feinde zu sehen, und doch ist alles gegen ihn gerichtet. Er hat Hunger und kein Geld mehr. Der Automat gibt nichts her. Der dreckige Automat, in einer Hauswand, aus der man sonst das Geld zieht wie irgendein Gestörter, er gibt einfach nichts mehr her, nicht einmal zehn Euro. Die Faktizität des Hungers, denkt Anton und kommt sich klug und lächerlich vor. Was tun? So einen Hunger hat er noch nie erlebt. Schien es nicht, dass Hunger gar nicht mehr vorkommt in diesem Wohlfahrtsstaat? Ein Essen fällt doch überall ab, irgendwo muss es doch ein Essen geben. Ein Brötchen, ja, das ist noch drin. Er kauft es, trocken und industriell fühlt es sich an. So schmeckt es auch. Er kaut darauf herum, bis überhaupt kein Geschmack mehr festzustellen ist, es ist wirklich nur Mehl und Wasser. Er schnorrt einem Mann, der selbst nicht gerade wohlhabend aussieht, eine Zigarette ab und raucht sie, so sparsam es geht. Möglichst wenig Rauch und Nikotin sollen verlorengehen. Denn Zigaretten stillen den Hunger, heißt es, wenn auch nur für kurze Zeit. Bis zum Filter raucht er sie, ab der Schrift ist Gift, heißt es. Er lässt den Filter ankohlen und schnippt die Kippe dann mürrisch weg. Ab der Schrift ist also Gift. Leere Versprechungen.

Später erfährt er, dass sich seine neunzigjährige Oma bei Sonja gemeldet hat. Sein Vater sei gestorben, im Hunsrück, mit vierundsechzig. Das passt, denkt Anton. Das Einzige, was er von ihm hat, ist ein Bild als Karnevalsprinz, mit der zweiten Frau, von 1982. Das passt alles. Er ist der Sohn eines Prinzen, aber es war alles nur Karneval.

∗

Linda hat sich wieder eingepinkelt, alles muss neu bezogen werden, das Bett, das Kind, das Nervenkostüm. Sie kann nichts dafür, schärft Denise sich ein. Linda kann nichts dafür, es sind die Unsicherheit und der Druck, wie die anderen sein zu müssen, es ist der unfähige Vater, es sind die Umstände, die Unbehaustheit und damit also Denisens eigene Unfähigkeit, der Tochter ein anständiges Zuhause zu bieten. Das alles führt dazu, dass Linda noch immer nicht trocken ist. Es ist nicht ihre Schuld, und es ist keine Tragödie. Es riecht auch kaum. Nichts passiert. Gleich schläft sie wieder.

Denise setzt sich vor den Fernseher und zappt. Nirgendwo bleibt sie hängen. Die Bilder hüpfen vorbei, der Finger kann nicht stillhalten. Sie macht den Fernseher aus und irgendeine Musik an, Shuffle auf dem MP3-Player, Heike hat ihr da was draufgeladen, Minimal, leicht thermisch. Sie holt eine Flasche Weißwein aus dem Kühlschrank und beginnt, nach dem dritten Glas, offenen Auges zu träumen. Eine Pizza in New York, vielleicht mit Anton, vielleicht mit Michael

Douglas, unendlich dünn und mit edlem Parmaschinken belegt, um sie die Wolkenkratzer, die sie nicht retten, aber sanft umfassen werden wie Finger eines riesigen Roboters. Und sie wird feiern können, ohne sich zu schämen, und staunen, endlich wieder staunen. In den Bäumen hängen Papierstreifen, und die Menschen sind freundlich und schnell. Denise atmet regelmäßig und ruhig.

Schließlich kommt der Schlaf und wirft dem Traum seine Decke über.

*

Mein Vater war ein Spieler und ein Prinz
Das ganze Ding entbehrt doch jeden Sinns
Der lächelt da im schmucken Ornament
Während meine Hütte lichterloh verbrennt

Jetzt wird er selbst, so will er es, verbrannt
Ein Leben hat ein anderes verbannt
Und eigentlich ist es auch ganz normal:
Mein Vater war ein Prinz im Karneval

Ein paar Zeilen, schnell hingewischt auf eine Mahnung, dann weggeworfen. Und bald sind die Gedanken an den Vater nicht mehr aufzufinden.

Stattdessen neue Scham. Wie ein Kleinkrimineller lungert Anton nämlich in Sichtweite der «Tafel» herum, auf der anderen Straßenseite, und traut sich nicht hinüberzugehen. Dabei hätte er den Hunger soeben auch anderweitig stillen können. Vor einer Stunde sah er seine Mutter zufällig beim Einkaufen in einem Supermarkt nahe ihrer Arbeit, sah die

Freude, die ihr die vielen Sonderangebote bereiteten, und konnte doch nicht zu ihr hin. Die gedrungene Person, die ihn geboren hatte, war so allein und verloren wie er selbst, und er brachte es nicht mehr über sich, in die Rolle des Kindes zu schlüpfen, nicht einmal für ein paar Worte. Der Weg zu ihr war ihm verbaut, für immer. Sie schien selbst nur noch eine der fremden Fernsehfiguren zu sein, die ihr Leben bevölkern. Anton kam sich vor wie ein Voyeur. Ungesehen stahl er sich davon, räudig wie nie, und hätte weinen wollen.

Jetzt sticht der Hunger im Bauch, tatsächlich. Wäre es nicht schmerzhaft, wäre es interessant. *Ich bin ein Bettler*, schießt es ihm durch den Kopf, und er läuft schamrot an. Vielleicht könnte er noch einmal zu Cathrin und Hermann gehen, dort einen Teller mit übriggebliebenem Biobrei abstauben. Bestimmt könnte er das. Aber es ist ihm nicht möglich. Er will keine Gefälligkeiten mehr von alten Gefährten, die ihn eh am liebsten los wären. Lieber anonym bleiben, sich einreihen, wo die Blicke keine Fragen mehr stellen. Er gibt sich einen Ruck und geht über die Straße. Ein Auto, das er nicht gesehen hat, hupt ihn rüde an.

Drinnen wird er mit sachlicher Freundlichkeit empfangen. Sie fragen nicht nach dem Hartz-IV-Ausweis, nicht nach irgendeinem Papier. Wahrscheinlich würden sie das tun, wenn er öfter käme. Aber sein Aussehen ist fürs Erste Beleg genug. Er bekommt einen Teller mit Linsensuppe und ein Brötchen, dazu Apfelschorle, und setzt sich irgendwo hin, wo noch etwas frei ist. «Mahlzeit», sagen die anderen, Anton antwortet mit «Guten Appetit». Verstohlen blickt er sich um und überprüft, wen er kennt. Keinen. Seltsam, er hat kein Problem, mit den Pennern draußen zu trinken, aber drinnen mit ihnen zu essen, kann er kaum ertragen.

Da wird er zum Bittsteller, da wird er zu einem aus der subventionierten Masse der Armen. Die Suppe aber schmeckt phantastisch, und er isst sie so bewusst, wie es nur geht. Jeder Löffel bereitet ihm Freude. Er tunkt das Brötchen tief in den Brei und genießt. Die anderen lassen ihn in Ruhe. Als er fertig ist, traut er sich nicht, Nachschlag zu holen. Er sitzt da wie gelähmt.

Ein graues Männlein ihm gegenüber fragt ihn, wer er denn sei, wo er herkomme. Aus dem Nordwesten der Stadt, sagt Anton, das heißt, eigentlich aus dem Südosten, aber es habe ihn in den Nordwesten verschlagen, da sei ein Platz frei gewesen. Das Männlein nickt, mehr Fragen müssen nicht gestellt werden. Jeder hier ist abgerutscht und tief gefallen. Da braucht es keine weiteren Erklärungen, schon gar nicht ohne Alkohol. Und das eigene Schicksal ist einem eh am nächsten.

Als Anton dankend das Geschirr in den Wagen stellt und aufbrechen will, fragt ihn die Hilfskraft, eine üppige Küchenfrau mit auswachsender Blondtönung, ob er denn keinen Nachtisch wolle. Anton zögert, natürlich möchte er, andererseits ist er bescheiden und will fliehen, dann wieder wäre es vielleicht unhöflich, das Angebot auszuschlagen. Eine tiefe, ganz alte Unsicherheit hat ihn gepackt, doch bevor er ins Stottern kommt, reicht ihm die Frau eine Schale mit Vanillepudding und lächelt. Er bedankt sich erneut, setzt sich wieder an seinen Platz und löffelt langsam den Vanillepudding aus, der köstlich schmeckt.

«Watt Süßet», grummelt eine der Gestalten in seine Richtung und grinst, «watt Süßet brauch der Mensch.»

«Jau», sagt eine andere, «watt Süßet, watt Warmet, watt Weichet», und das allgemeine Mümmeln steigert sich kurz zum Grunzen. Anton muss ebenfalls schmunzeln. Sie haben hier nichts gegen ihn. Er ist aufgenommen, und sei es nur für fünfzehn Minuten. Er fühlt sich fremd, aber nicht fehl am Platz.

Nach dem Pudding steht er auf und verabschiedet sich höflich. Die beigen bis grauen Gestalten nicken ihm zu und wünschen ihm alles Gute. Die Küchenfrau nickt und sagt: «Bis bald.» Anton geht langsam die Stufen hinab. Er möchte nicht wie ein Fliehender wirken, nicht vor sich und nicht vor den anderen.

✱

Denise geht es besser. Die Blicke der Männer können ihr nichts mehr anhaben. Sie hat sich immunisiert. Sie gehen an ihr vorbei auf Straßen und Gängen, gesichtslose Tiere, und wissen selbst nicht, wohin mit sich und ihren Träumen und ihren Trieben. Prominente werden doch auch selten erkannt, heißt es, im normalen Leben. Und das hier ist, verdammt noch mal, das normale Leben. Das ist mein Leben, denkt sie, es ist normal, ich bin normal, und ich habe kein Verbrechen begangen. Nie.

Ihr geht es besser, und sie hat einen neuen Plan. Sie wird sich einfach nehmen, was sie will und was sie braucht. Einfach nehmen. Das steht so in allen Zeitschriften und Magazinen, und so hat es Sido in einem Song gesagt. Sie weiß nicht genau, was sie braucht, aber es wird sich von dem, was sie will, nicht so grundlegend unterscheiden. Oder? Sie wird weiterhin im Supermarkt arbeiten, denn das kann sie, das überfordert sie nicht. Sie wird ihre Tochter weiterhin lieben und jeden Morgen in die Kita fahren, zweimal in der Woche zur Ergotherapie, einmal zum Schwimmen, einmal zum Förderunterricht. Sie wird weiterhin, wenn es sich anbietet, Pornos drehen. Das ist schon lange nicht mehr so schlimm oder anrüchig wie früher. Die Leute machen es freiwillig und umsonst, überall, die Kanäle sind bis obenhin voll von privaten Videos. Jedenfalls wird sie sich nicht mehr dafür schämen. Das hat sie entschieden. Natürlich muss erst mal Geld fließen. Denn es ist immer noch nichts da. Das Geld ist tatsächlich immer noch nicht da. Aber sie hat keine Zweifel, dass es früher oder später kommen wird. Früher oder später wird es geschehen. Wir sind hier nicht in Kurdistan. Es hat schon seine Ordnung, alles, wenn es auch bisweilen dauert.

Der metallene Geschmack vom Amphetamin fließt ihr über den Gaumen. Es tut gut, jetzt zu nehmen. Es baut sie auf, und die Gedanken werden wieder schärfer, konturierter, stabiler.

Denise wird sich Anton einfach nehmen. Das hat sie entschieden. Wenn es ihr guttut, warum nicht. Es ist egal, ob sie zusammenpassen oder nicht. In den Flirtportalen hätten sie sicherlich keine Chance, denn die dortigen Kriterien würden die beiden niemals miteinander in Verbindung bringen. Aber was wissen schon die Flirtportale. Nicht einmal ein echter One-Night-Stand ist für Denise da herausgesprungen, das heißt, doch, zwei, aber was für welche. Vielleicht hatte sie einfach die falschen Kriterien angegeben. Anton aber braucht kein Kriterium. Sie mag seine Nähe und fühlt sich von ihm angezogen. Mehr braucht es nicht.

Entschlossen wuchtet sie eine Brotkiste nach der anderen auf den Wagen und schiebt diesen dann kraftvoll in die Backecke. Es ist kein verlorenes Leben, sagt sie sich, warum auch. Es kommt wirklich nur auf die Sichtweise an. Und die ist heute gut und soll es bleiben. Du musst dir dein Leben einfach nehmen. Hoppla, so war das nicht gemeint, lacht sie fast. Du musst dir *im* Leben nehmen, was du willst. Nimm es, greif es dir einfach. Sie stapelt die Brote ins Regal und ist dankbar, einfach dankbar für diesen Job und den Supermarkt, für ihre Tochter, für das Speed, für die Brote, das Obst und sogar für das künstliche Licht hier, das jede Ecke findet und keine Schatten wirft.

*

Anton flaniert, wie man so sagt, aber es ist in Wahrheit kein Flanieren, es ist Streunen. Was ist der Unterschied? Tut er es nicht ebenso freiwillig wie irgendwelche Flaneure in den zwanziger oder Nullerjahren? Er ergeht sich in der Zeit und sondiert den Raum. Ist es also der fehlende Stil, der ihn zum Streuner macht? Er trägt noch immer einen Anzug, und im ausschreitenden Gestus seines Ganges kann man noch immer den gespielt selbstbewussten Dandy erkennen, die Beine in ihrer Bewegung fast schon eine Sinuskurve. Abgerissen sieht er zwar aus, nur kann man kaum glauben, dass die wandergetriebenen Literaten dieser oder jener Epoche nicht ebenso abgerissen durch die Gegend voller Gründerzeitbauten stakten. Alles Poser und Poseure, letztendlich, denkt er.

Vielleicht ist der einzige Unterschied, dass Anton nicht verweilen kann. Die Flaneure ließen den Blick schweifen und erkannten im Besonderen das besonders Allgemeine, im Detail die Lage. Anton dagegen ist getrieben von einer Leere, die ihn vor sich hertreibt, von einem Mangel in den nächsten. Der Blick will nicht ruhen. Die Füße sind müde, aber rastlos. Das ist noch nicht einmal mehr Streunen. Das ist lustlose Unruhe, eine träge Schneise, die sich sofort wieder schließt.

Er folgt einer diffusen Dramaturgie. Es gibt keine Lösungen mehr. Fühlt sich so ein Abschied an? Was muss man tun, um diese Probleme zu lösen? Was, um sich würdig zu verabschieden? Wieso überhaupt wen besuchen, wieso diesen stillen Abschied nehmen, wo ihn doch eh alle abgeschrieben haben? Und wieso in Dreiteufelsnamen noch irgendeine Romanze starten? Denise ist nicht interessiert an ihm, nicht genug, nicht so, wie er es von früher kennt. Eine Liebe sollte die ganze Existenz aus den Angeln heben können. Da sind aber nur Zaudern und Zagen am Start, und ausgehebelt ist sein Leben auch ohne sie, nämlich völlig entgleist, brutal zernichtet. Wieso also überhaupt noch etwas anfangen?

Soll sie zur Hölle fahren! Denise ist nichts anderes als die letzte Klaue der Gesellschaft. Die Menschheit will ihn noch einmal locken, mit kalten, schönen Augen und ein paar festen Brüsten. Die Menschheit klettet. Wenn Denise hier wäre, er würde ihr ins Gesicht spucken, denn sie steht für das Falsche, das sich noch einmal aufbäumen und ihn einnehmen will. Nein, natürlich nicht. Er würde sie nicht bespucken. Er würde sie aber auch nicht umarmen. Es hat keinen Sinn. Soll sie ihn einfach in Ruhe lassen, wie alle. Wenn es drauf ankommt, ist sie eh nicht da. Weg damit.

Dennoch will er den Abschied wenigstens für sich inszenieren, etwas zum Abschluss bringen, auch wenn er nicht recht weiß, wie. Der Gerichtstermin in zwei Tagen bringt die Zäsur. Aber sie kommt vom Staat, von oben diktiert. Fast schon ein Verrat an der eigenen Menschlichkeit, diesen Amtstermin zum Anlass zu nehmen. Aber Ämter schicken uns ins Leben mit einem Schein, und am Ende ziehen sie den

Schein wieder ein. Anton wird wütend. Wozu Dramaturgie? Wozu Ämter? Genauso gut könnte er sich gleich vor den nächsten Zug werfen.

Probeweise steht er an den Gleisen. Der Schotter unter den Füßen fühlt sich grob an, drückt durch die Schuhsohlen. Wie einsam man hier ist. Da oben ist die sogenannte Böschung, ein seltsames Wort, das er nie ganz verstand. Anton stellt es sich vor, hier zu stehen und zu warten. Er stellt es sich vor und tut es zugleich, nur unter anderen Vorzeichen. Noch. Es muss der einsamste Moment sein, sich zu töten, sich wegzuwerfen, denkt er. Alle Selbstmörder haben etwas gemeinsam und sind doch die einsamsten Schweine. Hier sich also hinwerfen, und dann wirbeln die blutigen Glieder durch die Luft? Wie soll das denn gehen? Vielleicht wird man ja vom Druck einfach weggeschleudert und liegt dann dort oben in der sogenannten Böschung, querschnittsgelähmt. Oder soll er seinen Kopf auf die Gleise legen, um flugs geköpft und von allem schnell abgeschnitten zu werden? Was wäre das denn für eine Selbstguillotinierung? Wie kommt man dahin, so etwas überhaupt zu denken? Wo andere, in Geschichtsbüchern, in Revolutionen, ihren Kopf wenigstens im Namen von Ideen und Idealen verloren, da hätte diese Enthauptung überhaupt keinen Sinn. Anton würde sein Leben gerne jemand anderem schenken, einem krebskranken Kind etwa oder einem Familienvater, der bald von einem Herzinfarkt ereilt wird. Doch gibt es in Sachen Lebenskonten noch keine Überweisungsmöglichkeiten. Verquere Gedanken! Anton, der Zauderer, wartet. Er will nicht leben und auch nicht sterben. Er will abgeschafft sein.

Dort hinten naht ein Zug. Erst nur ein Wurm, der um die

Ecke biegt, wird die Schlange immer größer und bekommt ein Gesicht, das keine Regung zeigt. Jetzt schon ist das Dröhnen zu erahnen, das hier gleich Hören und Sehen vergehen lassen wird. Schrill und schriller brettert der Zug heran. Anton stellt sich vor, wie es sein muss, sich jetzt auf die Gleise zu – legen? Werfen? Setzen? Nimm mich auf, nimm mich an, fetz mich einfach auseinander?

Es ist offensichtlich gar nicht möglich. Ein Rätsel, wie andere das geschafft haben. Anton jedenfalls kann das nicht. Schon dröhnt der Zug vorbei, schreit ihn an, schrill und hochgepitcht, weht und wirbelt alles auf, den Staub, die Luft, das Denken. Verloren ächzt Anton die Böschung wieder hinauf. Jetzt versteht er das Wort besser.

Nimm dir, was du brauchst, auch wenn nicht klar ist, was du willst. Denise fragt sich, ob es vielleicht ein Mann ist, den sie jetzt braucht. Ausgehen kann sie nicht, doch wenn Linda schläft, später, könnte sie jemanden empfangen. Nur wen? Bei Anton geht nur die Mailbox dran, Straßengeräusche im Hintergrund, noch nicht einmal seinen Namen hat er draufgesprochen. Und sie weiß nicht, ob sie ihn überhaupt verführen will. Es sollte sich einfach ergeben, ungezwungen, von selbst. Schon wird es kompliziert mit dem Brauchen und Wollen. Schon stehen die Gedanken bisschen quer.

Sie geht ihre Kontakte im Handy durch und entdeckt manch alten Bekannten. Eike, Sommerlover von vor drei Jahren: inzwischen verheiratet, ob glücklich, weiß der Wind. Gürol, zarter Stiefelfetischist: eigentlich, so der bleibende Eindruck, schwul, mittlerweile mit Knasterfahrung. Heiner, Fastbeziehung, Stalkingterror durch nächtliche Anrufe im Suff. Max, unglaublich gut ausgestattet, aber mehr auch nicht. Robby, gerne genommen, fast verliebt, dann aber Neigung zur Gewalttätigkeit sowie mannigfache Untreue. Und die Namen, die sie gar nicht mehr zuordnen kann, wer bitte sind Safran, Piet, Claudius und Wolle?

Fränkie wäre eine Möglichkeit, der wird noch immer herumstreunen und herumhuren, wenn auch auf hohem Niveau, wie er immer sagte. Oder Peer. Peer, der eigentlich Ungeküsste. Der schüchterne Beau, der, wie so mancher, nicht küssen konnte. Denise begreift nicht, wie man nicht küssen kann. Das hat etwas mit Durchlässigkeit zu tun, denkt sie, mit der Fähigkeit, sich auf andere einzulassen. Und wer kann das nicht wenigstens in Ansätzen? Aber nein, Peer war entweder zu passiv und ließ die Zunge wie eine soeben gestorbene Schnecke in ihrem Mund liegen, oder er wurde aus panischem Übereifer grob und fuhrwerkte dann mit seinem wiederbelebten Fleischmuskel hyperaktiv in ihrem Mund herum. Was ein Stress. So ähnlich war es dann auch im Bett.

Roland also wieder. Roland, Mitte dreißig, Supervisor in einem Meinungsforschungsinstitut, sehnsüchtig, bindungsunfähig, höflich, auf der Flucht. Schon zweimal in diesem Jahr hat sie ihn aus dem Nichts aktiviert, es reichten drei, vier Kurznachrichten, und er stand auf der Matte und zur freien Verfügung, um genauso unverbindlich wieder abzuhauen morgens, lang vor einem möglichen Frühstück. Ein zweckdienlicher Notnagel in Zeiten der Geschlechtsdürre.

Denise formuliert an einer Einstiegs-SMS herum, ein neutrales, freundliches Wie-geht-es-dir ist zu wenig, eine zweideutige Anspielung zu viel. «Hast du heute Zeit?» wäre vielleicht das Ehrlichste, und sie tippt es ein, merkt dann aber, dass das bedürftig bis notgeil wirkt. Sie löscht es wieder. Schließlich einigt sie sich mit ihren Selbstzweifeln auf ein unbedarftes, in seiner Kürze freches wie gemäßigt herausforderndes «Na?», sieht es an und ist zufrieden. Sie schickt es ab, bevor sie es sich anders überlegen kann, und wendet sich dem Geschirr zu, das noch gespült werden muss. Das Wasser läuft und wird nicht warm. Sie behält das Handy im Auge. Nichts geschieht, nur der Tellerberg in der Spüle wird langsam kleiner, die Hände kälter. Energieaustausch, denkt sie. Dann summt es endlich.

Nach einem etwas zähen Dialog, in dem Roland zu verstehen gibt, dass er zwar in einer festen Beziehung stecke, einem spontanen Treffen aber nicht abgeneigt sei, verabreden sie sich für zehn Uhr bei Denise zuhause. Linda schläft schon, als Denise sich entscheidet, sich nicht umzuziehen. Sie bleibt, wie sie ist, in den Alltagsklamotten, ziemlich unförmig, bollerig und robust, aber für Roland wird es reichen. Schließlich macht er sich die Mühe, zu ihr zu kommen, da wird er nicht wieder gehen, ohne vollzogen zu haben. So nennt Denise es gerne, wenn sie mit jemandem schläft, im Gedenken an die Sprache ihrer unmittelbaren Vorfahren und wegen der offensichtlichen Nähe zum Strafvollzug.

Während des Aktes muss sie ihm immer wieder den Mund zuhalten, da er lauter geworden ist, hechelnder und stöhnender, so als müsste er vor der Webcam performen, die doch gar nicht läuft. Roland scheint davon auszugehen, in seiner neuen Beziehung eine Menge dazugelernt zu haben, und muss deshalb wohl einiges ausagieren und abliefern, ähnlich einem Kind, das dem Nachbarskind das neueste Spielzeug vorführt. Aber es sind nur Vehemenz und Lautstärke, die zugenommen haben. Irritiert fällt Denise in Duldungsstarre. Wozu so ein Getue gut sein soll, fragt sie sich, früher war es doch leichter und schöner. Aber sie lässt sich schließlich gehen, zeigt ihm seine Grenzen auf, übernimmt die Kontrolle, setzt sich auf ihn, die Webcam ebenfalls immer im Blick, seltsamerweise, und reitet sich schließlich zum Höhepunkt. An Anton denkt sie dabei nicht.

∗

«Hallo?»

«Hallo?»

«Hallo, hier ist Carsten Dittmers, der Journalist. Wir sprachen am Freitag miteinander.»

«Ach?»

«Ja. Ich war interessiert an einem kleinen Interview. Vielleicht auch einem Kurzporträt fürs Radio. Wir sind da ganz frei.»

«Wir sind frei?»

«Ich kann mich da ganz nach dir richten. Hättest du denn bald mal Zeit?»

«Nein, ich weiß nicht, nein.»

«Es ginge ja auch nur um ein paar Fragen, O-Töne von deinem Auftritt habe ich ja schon.»

«Ich mache das gar nicht mehr.»

«Ach, wieso denn nicht?»

«Es lohnt sich nicht. Ich weiß nicht. Mein Equipment ist auch weg.»

«Ich fänd aber ein Porträt toll. Mich würde das interessieren, dein ganzer Lebensentwurf und alles. Glaub mir, wir sind da gar nicht so weit voneinander entfernt.»

«Wie, entfernt?»

«Vor ein paar Jahren nannte man das ja urbane Penner. Ich glaube, das hat sich inzwischen gewandelt.»

«Was sollen Penner denn anderes sein als urban?»

«Eben.»

«Hä? Wie, eben?»

«Ich kämpfe selbst, weißt du. Ich fand dich als Figur interessant.»

«Und was gibt es dafür?»

«Was meinst du?»

«Was kriege ich für das Interview?»

«Das musst du unter PR verbuchen. Ich kann dir da leider nichts zahlen.»

«Wieso duzen Sie mich überhaupt?»

«Was?»

«Es tut mir leid. Das ist doch Nepp. Ich bin nicht interessiert.»

«Am Freitag hörte sich das aber noch anders an.»

«Was interessiert mich mein Geschwätz von gestern. Adieu.»

Verärgert drückt Anton die Stimme weg. So falsch und säuselnd hat ja seit Jahren keiner mehr mit ihm gesprochen. Dann schon lieber den nüchternen Ton der Abfertigung, der in den Ämtern und Praxen vorherrscht. Dann lieber angebellt werden, wie es so oft geschieht. Gleichzeitig merkt er, dass er sich gerade etwas vorflunkert. In Wahrheit schmeichelt ihm das Interesse des Journalisten. Und die Ämter samt Gebelle meidet er seit Wochen.

Zähne putzen, das wäre jetzt was. Der Belag hat sich schon verhärtet, und das Zahnfleisch an den Hälsen schmerzt. Er könnte zurück ins Heim, um sich dort der Hygiene zu widmen, aber das hieße wieder, durch die halbe Stadt zu fahren und womöglich auf Sonja und neue Post zu treffen. Unentschlossen schlurft er eine Straße hinunter, die von Birken gesäumt ist, was ihn in eine seltsame, kindliche Stimmung zurückversetzt. Er meint, sich an bestimmte Birken in seiner Kindheit zu erinnern, weiß aber, dass es diese Birken nie gab, dass es nur ein Klischee ist, welches er reproduziert. Die Birken gaukeln ihm vor, er habe in seiner Kindheit ein besonderes Verhältnis zu ihnen gehabt. Das stimmt aber nicht. Es muss von irgendwelchen Filmen kommen, die er längst vergessen hat. Auch die Häuser sagen ihm nichts in dieser Gegend, alle weiß, weiße Kartons. Die Birken sind weiß, die Häuser auch. Mehr ist da nicht.

Ein Ohrwurm hat sich in sein Hirn gebohrt und brummt dort im Gebälk, Opus ist es diesmal, «Live is life». Nur noch die schlimmsten Songs kommen ihm und wollen nicht mehr gehen. Sie rhythmisieren seinen Gang, *nana nanana*, und lassen für richtige Gedanken keinen Platz mehr. Eigentlich angenehm, wenn es nicht nur das Zeug wäre, das er eigentlich verachtet.

Der zerkratzte Handyknochen piepst schwächlich, kaum Akku mehr. Er könnte ja Denise anrufen. Das wäre eine Möglichkeit. Bevor das Handy ganz den Geist aufgibt, sucht er ihre Nummer heraus und ruft sie an. Vielleicht kann er sich ja noch einmal mit ihr treffen. Eine Zeit verleben. Irgendwas.

Die Ansagestimme klingt fröhlich und clean. Sie fordert höflich zum Nachkaufen von Guthaben auf. Anton würde schreien oder wenigstens stöhnen, wenn er sich dabei nicht immer wie ein Schauspieler auf Abwegen vorkäme. Fast wirft er das Handy gegen eine der weißen Wände. Aber nein, es war nur ein Gedanke. Er hat nicht einmal die Hand erhoben.

✳

Immer wieder kommt Linda zu Denise und Roland, um sich rückzuversichern, dass sie alle noch da sind, sie selbst, der Gast und ihre Mutter. Sie lässt sich kurz aufmuntern und bestätigen, dass alles in Ordnung ist, dass die Erwachsenen automatisch zurücklachen. Dann quietscht sie vergnügt auf und hebt kokett das Bein, um schließlich atemlos zurück zum bunten Rutschlabyrinth zurückzurennen.

Roland ist über Nacht geblieben. Erst ist Denise ihn nicht losgeworden, traute sich auch nicht, ihn zum Gehen aufzufordern; dann genoss sie es doch, jemanden dazuhaben, mit dem sie auch reden und nicht nur schlafen konnte. Man kennt sich. Nicht umsonst greifen sie immer wieder aufeinander zurück. Also müssen sie auch jenseits der Körper etwas aneinander finden. Aber bald wird Roland, sie hatte es schon vergessen, so unerträglich wie immer. Wortreich erzählt er vom On-Off seiner Beziehung, davon, dass es eben auch nicht immer einfach sei, sich zu trennen. Sie solle sich doch anschauen, was so rumläuft an Material! Nähe sei nur selten möglich, und wenn man sie einmal gefunden habe, sei es schwierig, sie aufzugeben. Aber Zusammenbleiben ist eben auch keine Option, zumal mit den beiden Kindern, zu denen Roland bisher kein echtes Verhältnis aufbauen konnte. Wie auch, wenn der Vater noch ständig Vater spielt! In seiner Generation waren die Väter wenigstens ganz weg. Wenn schon, dann ganz weg!

Roland raucht eine nach der anderen und kriegt den Mund nicht zu. Denise will eigentlich nur, dass er bald geht. Sie will statt eines geschwätzigen Rolands ihren schweigsamen Anton zurück. Zur neuen Sexhuberei hat sich offensichtlich eine Rührseligkeit gesellt, die sich in selbstsensiblen Gesprächen am Tag danach Bahn brechen will. Dass Roland sie mit seiner Schmährede auf fremde Kinder verletzen könnte, liegt jenseits seiner Vorstellungskraft.

Die anderen Mütter blicken, teils offen, teils verstohlen, herüber und zischeln. So kommt es Denise jedenfalls vor. Sollen sie zischeln. Sollen sie blicken. Ich bin ein Star, und ihr seid es nicht.

✴

Es ist Nacht. Anton verbringt sie im Freien, hat er halbbewusst entschieden. Die Zeit ist einfach vergangen, und die letzte Bahn ist weg. Das hat er geschehen lassen. Und etwas geschehen zu lassen, ist in Antons Fall inzwischen schon eine Entscheidung.

Am Kanal treffen sich noch immer die Randständigen. Hier passiert nichts mehr, weiß Anton, hier sind wir an den Rändern der Ereignisse, also kann er sich dazugesellen. Nina und Zielinski sind nicht mehr da. Bisweilen hat Anton an Nina und Zielinski gedacht im letzten Jahr, an den humorigen Suizidenten von siebzig Jahren und die junge, intelligente Ritzerin, an die Nachmittage im Raucherraum, an die Abende am Kanal, längst nach der Entlassung. Was haben sie gelacht! Trotz allem! Wo die beiden jetzt wohl sind?

Zielinski meinte, er werde am Stadtrand wohnen, in einer Einrichtung, man könne ihn gerne besuchen. Anton hat nie nach der Adresse gefragt, weil er annahm, dass man sich eh bald wiedersehen würde, in dieser großen, kleinen Stadt. Falsch gedacht, verquer und dumm. Und Nina wird wohl wieder Heroin nehmen, in der einschlägigen U-Bahn-Station. Heroin, tatsächlich. Oder sie sitzt wieder ein, bald fixiert, schnell verarscht von den Pflegern, Einzelhaft im Zimmer, Hysterieschwemme, Pulsaderfontäne, Bettfessel.

Die dunklen Gestalten fragen nicht, wer Anton ist. Sie akzeptieren ihn ohne Nachfrage. Er darf einen Schluck Bier nehmen und schnorrt sich Tabak und Papiere. Sie sitzen auf zwei Bänken, die sie nebeneinandergerückt haben. Andere stehen. Es wird kaum geredet, und wenn, dann geht es um Kneipen, in denen man noch anschreiben lassen kann, um Ärzte, die einem problemlos Benzos verschreiben, und um die Aufteilung der besten Stellen zum Flaschensammeln. Am Ende des Kanals steht das Marienhospital in der Dunkelheit, gerade so, als sei es für das alles hier in keinster Weise verantwortlich. Und wer wollte auch Gebäude beschimpfen. Der müsste doch verrückt sein.

Ella ist auch da, erkennt Anton jetzt. Da sitzt sie, leicht aufgequollen von den Medikamenten, eine Schizophrene, mit der er eine kleine, zarte Halbaffäre hatte. Wie viel schöner sie noch vor Monaten war, auch wenn das viele Rauchen schon die jungen Zähne angegriffen und knallbeige Nikotinmale in die Fingerspitzen gebrannt hatte. Und der Blick, der ihn nicht verstand, aber suchte, das vom Haldol ungelenke, langsame Gehen, die liebenswerte Grobschlächtigkeit. Eine Elfe eigentlich, nur hatte die Neuronenlotterie vorzeitig zugeschlagen, Sie haben sechs Richtige, Gratulation, aber nicht, wie Sie es sich jetzt vielleicht wünschen, nein, wo denken Sie hin. Sechs richtige Psychosen sind es, die Sie in drei falschen Jahren ereilt haben und die ihr Leben jetzt verstellt und verunmöglicht haben. Und das mit einundzwanzig Jahren. Anton setzt sich zu ihr.

«Hey. Erkennst du mich?»

Ihr Blick, das Irrlichtern darin. Aber ja, sie erkennt ihn.

«Hey. Wie geht's?»

«Besser, und dir?»

«Auch.»

Der Kanal plätschert und stinkt hoch. Enten treiben im Schlaf herum, und Schwäne und Müll und Dreck.

«Wo wohnst du jetzt?»

«In der alten WG.»

«Neuer Betreuer?»

«Leider nicht. Und du?»

«Morgenrot-Stift.»

«Kenne ich nicht.»

«Bin ich auch bald wieder raus.»

«Und dann?»

«Weiß noch nicht.»

Sie lächelt ihn an. Die Säufer, Junkies und Absteiger um sie herum scheinen nur noch dezent zu flüstern, als wollten sie nicht stören. Dennoch will Anton alleine mit ihr sein.

«Gehen wir eine Runde?»

«Sehr gerne.»

Anton ignoriert, wie ihn dieses «Sehr gerne» befremdet. Es ist der neue Ton der Kellner und Kassiererinnen, die dem Kunden damit en passant das Maul stopfen wollen, mit dem amerikanischen Konsens einer Freundlichkeit, die nichts bedeutet außer Gleichgültigkeit und Verachtung. Und jetzt sickert dieses nichtige Etwas von «Sehr gerne» längst schon in die Alltagssprache hinein, und weiter, nach ganz unten, zu den Schizophrenen und Psychotikern, den Ausgetickten und Abgehängten. Fixierung vielleicht? Gerne. Streichung der Beiträge? Oh, gerne. Vergewaltigung gefällig? Sehr gerne.

Getupfte Lichtreflexe auf dem Kanal, die hohen Mietshäuser dahinter, wo die Fernseher noch flackern, das Knirschen unter ihren Füßen: Alles ist heruntergedimmt. Und auch sie reden leise, vorsichtig, mit einem verschwörerischen Unterton. Seine Hand hat sich auf ihr Gesäß verirrt, so soll es jedenfalls scheinen, wie eine zufällige Verirrung, dabei konzentriert sich Antons Wahrnehmung ganz auf diese Hand, in ihr steckt seine Absicht. Oben redet er ziellos daher, unten fädelt er den nächsten Vorstoß ein. Die Themenlosigkeit ihres Gesprächs steht der gegenseitigen Anziehung nicht im Wege, ganz im Gegenteil. Er weiß nicht, wie weit es gehen wird, aber gleich werden sie sich näher und noch näher kommen. Er genießt den Augenblick davor und dehnt ihn ein wenig. Oft ist die Vorfreude auf Sex ja viel besser als der wirklich stattfindende Sex danach. So jedenfalls seine Erfahrung.

Anton verlangsamt den Schritt. Ella lässt sich darauf ein. Ihre Blicke finden sich in der Dunkelheit. Der Halbmond ihres Gesichts ist ihm zugewandt, auch wenn er merkt, dass Ellas Präsenz so fahrig und unbestimmt ist, dass sie die Zuneigung eher spielt als fühlt, oder eigentlich: dass sie ihr *passiert.* Er ist offensichtlich nicht gemeint, aber das stört ihn nicht. Sie bleiben stehen. Soll er sich ihr langsam oder schnell nahern, verführerisch oder überrumpelnd? Nicht nachdenken, machen. Schon ist er da, wo er hinwollte. Der Kuss fühlt sich wie ein Bühnenkuss an, aber er hat seinen Reiz, und Ella öffnet sich ihm total. Es gibt keinen Widerstand. Er kneift durchs Hemd in ihre Nippel, küsst sie noch inniger, deutet dann auf ein Gebüsch am Ufer und sagt: «Komm.»

Weiß Ella, was sie tut, als sie Antons Hose öffnet? Das ungute Gefühl, das Anton beschleicht, verschwindet bald wieder. Er beruhigt sich. Sie will es schließlich auch. Oder? Wie verhält sich das genau? Vergeht er sich vielleicht gerade an einer seelisch Behinderten? Und wennschon, er ist doch selbst ein solcher, ein seelisch Behinderter, wie sie sagen! Sie benutzen einfach *einander*. Er öffnet ihre Hose, zieht sie zusammen mit dem Slip herunter, fingert Ella sachte, während er sie küsst. Dann fingert er sie heftiger, und sie beißt sich auf die Lippen, wie nach Protokoll. Bald ist sie nass genug. Er dreht sie um, beugt sie hinunter und nimmt sie im Stehen von hinten. Der Kanal liegt dunkel vor ihnen, darauf die Tiere, die schlafen. Am Ende kommt er ihr ins Gesicht, hat deshalb sofort ein schlechtes Gewissen und tupft sie, noch ganz außer Atem, mit dem Ärmel seines Pullovers sauber.

Sie setzen sich auf die nächste Bank und halten lustlos Händchen. Die übliche postkoitale Nüchternheit hat von Anton Besitz ergriffen, sie geht immer auch mit etwas Scham einher, Relikte des kindlichen Katholizismus, dem er von allen Seiten ausgesetzt war. Sie drehen sich Zigaretten und rauchen. Ob alles okay bei ihr sei, fragt Anton Ella, und sie bejaht. Dabei überschlägt sich ihre dumpfe Stimme leicht, mit einem Ausreißer ins Hysterische, als sei sie eine minderbemittelte Idiotin, was sie, wie Anton wieder einfällt, trotz aller Schönheit ja auch ist. Er wird sich seines eigenen idiotischen Tuns bewusst wie im Schock und will plötzlich nur noch gehen. Aber vielleicht kann er ja einen kleinen Vorteil aus diesem würdelosen Vergehen ziehen, vielleicht einen Schein, vielleicht eine Münze, wo er sich doch eh schon moralisch besudelt, ohne dass es auch nur ein Mensch mitbekommt.

«Du, ich muss wieder. Ich muss noch ins Heim. Anwesenheitspflicht.»

«Echt?»

«Ja, hart, was?»

«Mhm.»

«Sollen wir uns morgen wiedersehen? Ich würde mich freuen.»

«Vielleicht.»

«Vielleicht ist gut, ich weiß auch noch nicht genau. Wieder hier?»

«Ja. Vielleicht.»

«Sag, kannst du mir, *vielleicht*, bis morgen etwas Geld leihen? Ich hab keine Zigaretten mehr. Null.»

«Weiß nicht. Nein.»

«Ach, komm, Ella.»

«Nein. Glaubst du, ich bin blöd?»

«Nein, natürlich nicht, aber –»

«Natürlich glaubst du das.»

«Nein!»

«Verpiss dich. Ich weiß nicht einmal mehr deinen Namen. Du bist nichts für mich. Hau einfach ab.»

«Aber –»

«Ja?»

«Nichts.»

In seiner Absicht entblößt, bespuckt und geächtet, macht sich Anton von dannen, schleicht wieder aus Ellas Leben hinaus, schnell zur Brücke, durch das gelbe Laternenlicht in die andere Dunkelheit und weg. *Scheiße*, denkt er, sie hat ihn und seine niederen Absichten gleich erkannt und bloßgestellt, und sie hatte nicht einmal unrecht damit. Schnell vergessen, das Ganze, bitte vergessen. Wie soll die Weste auch fleckenlos bleiben, wenn der ganze Mensch im Dreck versinkt.

Anton stiefelt das andere Ufer weiter hinauf, tiefer in die Einsamkeit, greift sich wieder sein Handy und versucht, Denise anzurufen. Freundlich wird er aufgefordert, Guthaben zu kaufen. Natürlich, das hatte er vor lauter Scham ganz vergessen. Fick dich, Handy, denkt er, nein, sagt er. «Fickt euch alle zu Tode!», ruft er in die Nacht. Er schleudert das Handy in Richtung Brücke, wo es in tausend Teile zerschellen soll, trifft die Brücke aber nicht, sodass das Handy einfach ins Wasser fällt und dabei kaum einen Laut macht.

✶

Nachdem Linda, das Gesicht voller Trauer und Melancholie, in der Tagesstätte verschwunden ist, jeder stampfende Schritt ein Vorwurf gegen das Leben, das ihr von ihrer Mutter aufgefrachtet wurde, flüchtet sich Denise in das nächste Café, bestellt einen Milchkaffee und kommt sich auf unverschämte Weise korrigiert vor, als die Bedienung mit dem blonden Pferdeschwanz ihre Bestellung im Weggehen als «einen Latte» wiederholt. Sie checkt ihren Facebook-Account, macht Skype an und blättert dabei eine Frauenzeitschrift durch, die ihr nur die spießigste Mode als den neuesten Trend andienen will. Als der Latte kommt, will sie sich besonders süßlich bei der Bedienung bedanken, aber es misslingt ihr und hört sich eher bitter und unbeholfen als souverän an. Alle Beiläufigkeit ist verloren. Der Kaffee schmeckt nach Tee.

Sie ruft Anton an, aber wieder geht nur die Mailbox dran, ohne Namensnennung, mit dem akustischen Stück Straße, das sich wie ein Fetzen irgendeiner verlorenen Atmo anhört – oder schon wie ein Soundbit aus dem Jenseits? Ein leichter Schrecken durchfährt sie, es reift gar nicht zum ganzen Gedanken, und doch huscht die Frage kurz durch ihr Bewusstsein: Was, wenn es ihn schon nicht mehr gibt?

Sie verdrängt die Frage schnell, aber es bleibt ein dumpfer, undeutlicher Rest in ihr, ein Unbehagen, das sich bald zur Unruhe auswachsen wird, zumal sie sich zwei Tage freigenommen und somit nichts zu tun hat. Erholung schlaucht.

Auf Facebook das Übliche. Jemand hat sich getrennt und gleich noch das Profilbild geändert, andere gratulieren dazu und fragen, ob sie helfen können. Auf Skype wird Denise von Unbekannten angequatscht, denen sie irgendwann ihren Namen gegeben haben muss, in einer durchtrunkenen, verchatteten Nacht wahrscheinlich, wann sonst. In ihrer Nachrichtenbox blinken nur anonyme Einladungen zu irgendwelchen Clubevents, die sie nicht interessieren.

Anton geht ihr nicht aus dem Kopf. War morgen nicht der Gerichtstermin, von dem er sprach? Der Termin schien für ihn von besonderer Bedeutung zu sein. Vielleicht sollte sie hingehen und fragen, wie es ihm geht. Ihn unterstützen. Oder einfach nur da sein, um zu sehen, was diese Begegnung eigentlich sein soll, was sie sein könnte. Oder einfach, weil sie ihn vermisst, tatsächlich.

Kaum ist der Entschluss gefasst, fühlt sie sich besser.

Mit einer arroganten Geste bezahlt sie ihren Milchkaffee, fixiert dabei die Bedienung, die ihrem Blick plötzlich nicht mehr standhalten kann. Die Verhandlungen sind öffentlich, weiß sie, es steht draußen angeschlagen, wessen Fall wo und wann abgefertigt wird. Das kennt sie noch aus den Zeiten mit Marc. Eigentlich hatte sie sich damals geschworen, nie wieder ein Gericht zu betreten, und schon gar nicht für jemand anders, ob als Begleitung, als Verstärkung oder als Zeugin. Nie wieder. Doch die Zeiten ändern dich, denkt sie, wieder mit Bushido. Und die Schwüre von gestern sind eh nur die Niederlagen von heute.

∗

Auch Professor Stephan hat abgebaut, stellt Anton mit Schrecken, aber nicht ohne Genugtuung fest. Wie er da steht und nach Worten sucht, die Haare zotteliger, lichter, strohiger, die Gesten fahriger. Der Bauch spannt nicht mehr nur unterm Hemd, sondern lappt eigentlich schon über die Hose. Der Rotwein hat seine feinädrigen Spuren im Gesicht hinterlassen. Eine Koryphäe auf dem Gebiet des Zivilrechts und der Rechtsphilosophie, unterwegs zum halben Penner. Ob es da eine Scheidung gab? Einen Zusammenbruch? Burnout, Alkohol, Tabletten? Anton grinst. Ihn fragt ja auch keiner. Das ist der Lauf der Zeit, sagt der Stand der Dinge. Und lacht sich krank.

Er ist noch einmal in seine ehemalige Universität gefahren, den Ort seines Traumas und Scheiterns, wie er sie rückblickend verklärt. Das Neonlicht auf den Gängen kommt ihm noch greller und unfreundlicher vor als früher, der genoppte Boden quietscht unter seinen Sohlen, strahlt jetzt hellblau hoch, wo Anton drecksgelbe Mattheit in Erinnerung hatte. Die Mensa sieht inzwischen viel feiner und ordentlicher aus. Ohne Mensapass mit Magnetstreifen ist es einem leider gar nicht mehr erlaubt, dort zu essen, was Anton verärgert. Alles wird besser, nur ich verschlimmere mich, denkt er. Da kommt ihm der körperliche und geistige Abbau seines früheren Professors gerade recht.

Bescheiden sitzt er in der zweiten Reihe rechts außen und gibt vor mitzuschreiben. Die Studenten halten eine Art Sicherheitsabstand zu ihm, ob aus olfaktorischen oder visuellen Gründen, ist nicht feststellbar. Professor Stephan redet und redet, Zivilrecht, Handelsrecht, objektives und subjektives Recht. Die Vorlesungsreihe steht offenkundig noch ganz am Anfang, und schon wirkt Professor Stephan ausgelaugt, zerzaust und blutleer, rasselt mechanisch und wie auf Valium die Unterscheidungen herunter. Vielleicht ist Anton der Einzige, der diese Beobachtung machen, diesen offensichtlichen Verfall sehen kann? Höchstwahrscheinlich, denn er ist auch der Einzige, der überhaupt entsprechende Vergleichskriterien zur Verfügung hat. Keiner der anderen Zuhörer wird schon vor zehn Jahren hier gesessen haben. Anton blickt sich um, sieht die gestriegelten Scheitel, die Perlenketten, die Babygesichter, die ganze Blondheit hier, das erkennbar Arische. Das sind doch noch Kinder, denkt er, das sind Figuren wie auf Bisky-Gemälden, wie sollen die mich vertreten können, wenn es hart auf hart kommt?

Und doch hat Stephan noch immer etwas von der Lichtgestalt, die er für Anton war. Anton versucht, eine ausgewogene Blickpolitik zu betreiben, dem ehemaligen Vorbild weder zu direkt ins Auge zu sehen, noch seinen Blick ganz zu meiden. Nach der Vorlesung wird er ihn begrüßen, und vielleicht werden sie ein Glas Wein trinken zusammen, sich über das Leben und sein vertracktes Recht wundern, eine Lösung projizieren, eine Streitschrift planen. Wer weiß, was Professor Stephan in petto hat. Anton wäre zu manchem bereit.

«So ist also das subjektive Recht anzusehen als Befugnis, welche sich für den Berechtigten aus dem soeben definierten objektiven Recht als gesetztem Recht unmittelbar ergibt – oder aber als Befugnis, die auf Grundlage des objektiven Rechts erworben wird. Letzteres nennt man erworbenes Recht.» Anton schwirren die Begriffe um die Ohren. Aber ist das nicht genau sein Belang? Es gibt die objektive Grundlage, und es gibt die subjektive Ableitung, und diese ergibt sich entweder unmittelbar, oder sie wurde erworben, aber immer auf der Grundlage des gesetzten, festgeschriebenen Rechtes. Und ja, auf ihn trifft subjektiv die Geschäftsunfähigkeit zu, ein Paragraph im BGB, irgendwo bei der Hundert, wenn er sich nicht täuscht. Die Geschäftsunfähigkeit ist sein Recht, sein subjektives, ableitbares Recht. Das muss doch zu belegen sein.

Er lehnt sich zurück und hängt seinen Träumen hinterher, Träumen von Schuldenfreiheit und Paragraphen, die nur ihm entsprechen, während Professor Stephan weiter doziert. Seltsam, dass Anton die alten Begriffe so fremd erscheinen. Hat er sie damals nur falsch verstanden? Sollte er jetzt erst, als tatsächliches Opfer, ein Verständnis für das Faktische des Rechts entwickelt haben?

Als Professor Stephan ins Stocken und aus dem Konzept kommt, aus irgendeinem Grund, den keiner kennt, er selbst wohl am wenigsten, und fast schon stottert beim Blick auf seine Papiere, eine bestimmte Seite sucht und nicht findet, auf Sendung wie ein hilfloser Nachrichtenmoderator, was einen komischen Effekt zur Folge hat, den die Studenten mit einem leisen Kichern quittieren, weil sie gar nicht anders können – da wendet sich Stephan plötzlich, mit errötetem Kopf und glasigem Glotzblick, seinem ehemaligen Studenten Anton zu.

«Und Sie, was suchen Sie eigentlich hier?»

«Ich», sucht Anton nach Worten, «also, ich höre eigentlich nur zu.»

«Nein, ich kenne das, ich habe das schon im Kollegium besprochen», sagt Stephan. «Sie können hier nicht so einfach sitzen. Das ist nicht persönlich gemeint.»

Er scheint ihn nicht einmal zu erkennen. Anton packt verlegen seine Sachen zusammen und fragt leise: «Wie ist es denn dann gemeint.»

«Gerade gestern», holt Stephan aus, «hat mir einer von Ihnen dazwischengeredet und wollte gar nicht mehr aufhören. Das stört einfach den Ablauf hier.»

Anton steht auf und schlurft in Richtung Tür. Keiner der Studenten regt sich.

«Seien Sie mir nicht böse», sagt Stephan, «aber dies ist vielleicht nicht das passende Forum für Sie.»

«Wer soll das denn sein, *einer von Ihnen*», sagt Anton leise beim Hinausgehen. «Wer soll das denn sein.»

Als er die Tür hinter sich schließt, lauscht er kurz der Stille hinterher und starrt seine Hände an. Das grelle Licht lässt sie fahl und faltig erscheinen. Nichts passiert. Dann erhebt Professor Stephan hinter der Tür wieder die Stimme, flach und betonungslos, ohne die Störung weiter zu thematisieren.

Agitiert streift Anton durch die Gänge. Tränen sind nicht erlaubt, auch wenn er spürt, dass es ihm den Hals zuzieht.

Die Verletzung ist vollbracht. Er versucht, mehr empört als gedemütigt zu sein, sich aufzuregen anstatt loszuweinen. Es gelingt. War ich nicht ein vielversprechender Student einstmals, denkt er, und jetzt, was ist davon übrig geblieben! Dieses senile Arschloch von einem Rechtsschnösel! Kann nichts, will nichts, verwaltet nur sein kleines Leben!

In seiner Tüte hat Anton noch ein paar CDs mit seinen Songs. Die schenk ich euch, denkt er, ihr könnt mein Vermächtnis haben, und betritt mit ausgreifenden Schritten die juristische Bibliothek. Bevor ihn irgendwer aufhalten kann, ist er schon an der Aufsicht vorbei und in einem der vielen gleichförmigen Gänge. Ihm fällt eine Lücke zwischen zwei scharlachroten Bänden auf. In diese stopft er wutentbrannt die zehn, fünfzehn CDs hinein und weiß gleichzeitig, dass das hier alles überhaupt keinen Sinn ergibt. Vielleicht sollte er lieber ein paar juristische Fachbücher klauen, um sie auf dem Schwarzmarkt, der sicherlich existiert, zu verschachern und so wieder liquide zu werden. Vielleicht gibt es hier Werke, die mehr als dreitausend Euro wert sind? Er blickt sich um, alles ist neu sortiert, keine Folianten weit und breit. Gerade, als ihm wieder einfällt, wo die historischen Dokumente ausgestellt sind, kommen zwei Hilfskräfte um die Ecke, gehen bestimmten Schritts auf ihn zu und fordern ihn diskret auf, bitte mitzukommen, je eine Hand an je einem Ellenbogen. Anton leistet keinen Widerstand. Er hält das Kinn oben, während sie ihn abführen, so höflich, wie es nur geht.

Langsam wird es dunkel. Anton hat die Vorfälle fast wieder verdrängt. Von so einem Geschnösel lässt er sich jedenfalls nicht mehr beeindrucken. In der Dämmerung verfolgt er einzelne Leute in der Gegend um den Campus, die ihm wohlhabend erscheinen, und überlegt, wie er sie, ohne großen Schaden anzurichten, ausrauben könnte. Doch es ist nur ein hypothetischer Plan. Dreitausend Euro wird eh niemand einfach so bei sich haben. Und doch tut es ihm gut, diese Leute mit gebührendem Abstand zu verfolgen. Es lässt ihm die Illusion von Alternativen, die er aus moralischen Gründen ausschlägt, obwohl sie doch zum Greifen nahe sind. Es ginge auch anders, aber er bleibt integer.

Dreitausend Euro. Aus der Portokasse, nur ein Obolus, bloßes Taschengeld, begleichen Sie es schnell, machen Sie nicht viele Worte, sind nur Peanuts. Eine enorme Menge Peanuts allerdings, verhindern Leben, sind nicht zu stemmen, nicht zusammenzukratzen, dreitausend Euro, woher nehmen, wenn nicht stehlen. Von nichts kommt nichts, mein Freund, dreitausend Euro, einfach ausgegeben, schwer wieder einzunehmen, stehst vor dem Kadi, hebst die Hand, wirst schnell durchleuchtet, nichts zu holen, nichts zu sein. Dreitausend Euro, dieser Mann da, seine Frau dort, ihr habt es doch reichlich, gebt mir was ab. Bezahlt es schnell, es bleibt nichts übrig, das letzte Hemd hat keine Taschen. Dreitausend Euro, sein Anteil, mein Urteil, mehr nicht.

Morgen früh ist der Termin. Anton fährt schwarz mit der U-Bahn, die Leute begaffen ihn nicht mehr, oder er merkt es nicht. Er dämmert so dahin auf den harten Polstern, steigt um, wartet, steigt ein, hat das ganze Abteil nur für sich. Kurz ist er Herr über staatliches Eigentum, sonst ist es immer umgekehrt. Er begibt sich schon einmal in die Nähe des Amtsgerichts. Falls er verschläft, muss er sich dann nicht hetzen. Die Gegend um das Gericht ist höherpreisig, aber zu weit außerhalb, um Szenebezirk zu sein, dennoch kann er die Immobilienmakler förmlich riechen. Auf einer Parkbank macht er es sich bequem, nimmt seine Jacke als Kissen und legt sich auf den Rücken. Die erste Kälte kommt, das ist zu spüren. Die Planken drücken sich in sein Kreuz. Der Himmel über ihm gähnt so gegenständlich und unbeteiligt wie nie. Das All da oben, es hat hier nichts verloren.

SECHSTES KAPITEL

Im Namen des Volkes.

Das Gebäude strahlt eine große Ruhe aus, eine Unerschütterlichkeit, eine schon provokante Selbstgewissheit. Die Torbögen über der gusseisernen Tür beugen sich dem Davorstehenden schwer und massiv entgegen. Eine Kirche des Rechts empfängt Gläubige und Gläubiger.

Anton steht davor, bestaunt das ewig Amtliche, Zeitlose des Gebäudes, steht dabei mitten in der Zeit, die abläuft, und wartet. Er hat kaum geschlafen, in dieser Nacht der Nächte, aber nicht aus Nervosität, sondern allein wegen der unbequemen Lage, dort auf der Bank. Er ist dreimal aufgestanden und hat sich die Beine vertreten. Kaum ein Fenster im Viertel war erleuchtet. Dann hat er sich wieder hingelegt, hat gedämmert, getrauert, gelächelt, gewartet. Die Zeit verging, wie sie immer vergeht, schneller als am Tag zuvor, rasend im Vergleich zum vergangenen Jahr, immer durch die Schneise des gegenwärtigen Augenblicks gedrängt und gestaucht, durch ein Nichts namens Jetzt. Am Ende schnurrte die Erinnerung zu einem Strobolicht zusammen. Anton fror nicht.

Verwirrt steht er da. Die Beamten und Angestellten sind eigentlich nicht von den Klägern und Angeklagten zu unterscheiden. Obwohl, dort steht ein alter Punker, dem der Punk nur noch traurig in den Runzeln und Haaren klebt. Der wird wohl kein Richter sein. Er redet nervös auf seinen, wahrscheinlich, Anwalt ein. Sicher geht es auch um Geld. Oder um eine Strafe. Oder um Geld als Strafe. Eine Strafe, weil Geld fehlt. Geld als Strafe für das Fehlen von Geld.

Anton atmet die Luft ein. So, wie er sie jetzt atmet, wird er sie nie wieder atmen. Ihr Geschmack wird anders sein nach der Verhandlung, das ist gewiss. Vielleicht auch ihre Dichte. Vielleicht wird sie dünner sein, vielleicht dicker, vielleicht aber auch, wer wagte, es zu denken, frisch und neu und kristallin. Anton schnorrt einem Rauchenden eine Zigarette ab und bedankt sich mit leichter Verbeugung. Zigaretten schmecken immer, und immer fast gleich, im Gegensatz zur Luft, und wenn man aus dem Mund stinkt, kann man durch eine Zigarette immerhin bestimmen, wonach.

Hermann und Cathrin kommen um die Ecke, gestriegelt und herausgeputzt, sie im Kostüm, er im Anzug und mit Krawatte, in den Aktentaschen tragen sie die Gesetze. So sieht es jedenfalls aus. Und wer die Gesetze mit sich trägt, der strahlt Selbstbewusstsein aus und hat das Recht auf seiner Seite. Sie begrüßen sich zaghaft, Anton will nicht aufdringlich sein, er weiß um sein Aussehen, seinen Geruch.

«Wo zum Teufel warst du!», ruft Hermann. «Wir haben versucht, dich zu erreichen. Wie vom Erdboden verschluckt.»

«Ich hab mein Handy verloren», nickt Anton.

«Wir haben es überall versucht, alle Freunde, alle Anlaufstellen», sagt Hermann, «nichts.»

«Dann müssen wir das eben jetzt und hier schnell bereden», sagt Cathrin in einer Umarmung, die Anton überrascht. Ihr Parfüm bleibt in seiner Kleidung hängen.

«Genau», sagt Hermann. «Also, noch mal zusammengefasst. Es ist leider höchst wahrscheinlich, dass das Gutachten nicht reichen wird. Es wird auch keinen Vergleich geben, wie es aussieht. Ich habe die Akten heute Morgen noch einmal studiert.»

«Und wozu haben wir das alles dann gemacht», sagt Anton.

«Wir könnten noch Widerspruch einlegen und in die nächste Instanz gehen», sagt Hermann, «dazu müssten wir jedoch ein neues Gutachten beantragen. Das wird wieder kosten. Wenn wir erneut verlieren.»

«Ich will nicht mehr verlieren», sagt Anton. Die beiden müssen lachen. «Ich will auch nicht mehr begutachtet werden», sagt er. Das Lachen verstummt.

«Sehen wir erst einmal, wie die Richterin gestimmt ist», sagt Cathrin, «komm.» Sie nimmt Anton beim Arm. Es scheint, als hätte sie sich zur Menschlichkeit entschlossen.

Die Schritte hallen durch die breiten, hohen Gänge, auf dem gebohnerten Steinboden quietschen Antons Gummisohlen. Hermann erklärt ihm beiläufig, in welchen Fluchten und Flügeln des Gebäudes die Nazis besonders viele Menschen zum Tode verurteilt haben. Anton erreicht das nicht. Sie suchen den Gerichtssaal, in dem sein Fall behandelt werden soll. Dort nicht, den Gang noch runter, hier. Tatsächlich steht Antons Name auf dem Aushang neben der Tür. Anton gegen die Deutsche Bank. Es liest sich wie ein Filmtitel, und Anton würde lachen, wenn er könnte. So wundert er sich nur, wie er hier hineingeraten ist, wie eines zum anderen führt und wie das alles bald hoffentlich ein Ende finden wird.

Sie vertreten sich im Radius von fünf Metern die Beine, warten, betrachten die Bilder und Schriften an der Wand,

Originalurteile aus dem Dritten Reich: der Fall eines Behinderten, einer Jüdin, eines Obdachlosen, alle in verkralltem Deutsch zu Zuchthaus und Sonderabfertigung verurteilt, auf Schreibmaschinen, denkt Anton, auf zuhackenden Schreibmaschinen, bei denen noch jeder Tippfehler die Individualität des einzelnen Todesurteils bezeugt. Sein Fall ist lächerlich gegen diese Unmenschlichkeiten. Und doch ist es derselbe Apparat, der, auf ihn gerichtet, gegen ihn arbeitet, denkt er kurz und schämt sich sofort. Der Gedanke ist ihm peinlich, er ist falsch und jämmerlich, und Anton verdrängt ihn schnell, bevor er zu einer weiteren falschen Meinung werden kann.

Die Richter sind schon drin?

«Die Richterin ist schon drin», nickt Hermann. Es ist Zeit.

Er klopft an die Tür. Keine Antwort.

Er öffnet die Tür sachte, und tatsächlich, da sitzen sie schon, die Frau Richterin und die Protokollantin, nicken Hermann zu und bitten zu Tisch. Es ist angerichtet. Anton weiß nicht, was er sagen soll, wie er grüßen soll, ob er sich hinsetzen darf. Er bleibt stehen, zieht das Jackett aus, sagt «Guten Tag» und harrt der Dinge. Das Zimmer ist weniger amtlich als gedacht, größer als nötig, ein verwaistes Lehrerzimmer. Man wartet, der Anwalt der Gegenseite ist noch nicht vor Ort. Hermann plauscht vorne mit der Richterin, Cathrin bleibt neben Anton stehen, als Unterstützung, scheint es, und verstärkt doch nur sein Unbehagen.

Der gegnerische Anwalt betritt den Raum, eine Art Mini-Schily mit Senatorenschnitt und Dreiteiler, dünnlippig und offenbar fest entschlossen, Anton keines Blickes zu würdigen. Die Anwesenden stellen sich wie Grundschulkinder vor der Richterin auf und erstarren kurz. Die Verhandlung beginnt, als die Richterin Aktenzeichen und Prozessdaten in ein schlankes Mikrophon diktiert, eigentlich eine sehr sympathische Person, Anton offen zugewandt. Sie blickt die gegnerischen Parteien an, vor allem Anton und Hermann, und beginnt zu reden. Sofort ist Konsens, dass das Gutachten zur Feststellung einer vollständigen Geschäftsunfähigkeit nicht ausreicht. Kaum ist die Verhandlung also eröffnet, schon ist Anton verurteilt. Und trotzdem fühlt er sich verstanden von dieser Richterin, die ihre Sachlichkeit nicht wie ein Zertifikat vor sich herträgt, die nicht als Staatsvertreterin gesetzesschwere Strenge ausagiert, sondern als kompetenter Mensch sagt, wie es ist, wie es leider sein muss. Ein Anstrich von Mitleid scheint in ihren Augen zu liegen, aber das kann Anton sich auch nur einbilden.

Hermann versucht noch, die mögliche Befangenheit des Gutachters zur Diskussion zu stellen, da dieser ja Chefarzt der Klinik gewesen sei, aus der Anton trotz seiner offensichtlichen Störung entlassen worden sei – aber da bellt der Senator der Gegenseite schnell und trocken dazwischen, dass man den Gutachter ja auch vorher hätte austauschen lassen können, jetzt von Befangenheit zu reden, sei haltlos; was ohne Zweifel stimmt.

Die Protokollantin tippt regungslos mit. Wenn sie vom Schicksal eine Ahnung hat, lässt sie es sich jedenfalls nicht anmerken.

Anton will bald nur noch weg. Es ist alles gesagt, es ist alles klar, er hatte seinen Augenblick der Güte, auf die Richterin projiziert, von ihr ausgehend, er kann jetzt seinen Frieden machen. Hermann scheint das zu bemerken, er bittet die Richterin um eine kurze Pause, er wolle sich mit seinem

Klienten bereden. Demütig trottet Anton hinter Hermann und Cathrin aus dem Gerichtssaal, der Senator verlässt die Szenerie ebenfalls, eilt schnurstracks um die Ecke, von der Nichtigkeit der ganzen Streitsache angekotzt.

Hermann redet kurz auf Anton ein, Cathrin nickt im Takt. Man könne das Urteil, das gleich gefällt werde, natürlich anfechten und in Revision gehen. Große Chancen räume er Anton dabei aber nicht ein, und die Kosten würden nur weiter in die Höhe schnellen. Die Schulden allein in diesem Prozess werden sich jetzt auf zehntausendsechshundert Euro belaufen. Anton seufzt. Dann übersetzt Hermann noch einige der Fachvokabeln in angeblich verständliches Deutsch. Anton hört schon gar nicht mehr zu.

Im Gerichtssaal passiert dann alles genau wie angekündigt. Die Richterin spricht ihr Verdikt ins Mikrophon, die Protokollantin schreibt mit, und Anton steht und wartet. Dann ist es vorbei. Es gibt keine Ereignisse mehr, denkt Anton, es gibt nur noch Folgen in meinem Leben, Folgen von Ereignissen, an die ich mich kaum erinnern kann, und Folgen von Folgen von Sachen, die verschüttgegangen sind und auf irgendwelchen Bögen und Schreiben wieder auftauchen, und Folgen von Folgen von Folgen, die das Leben ins Unerträgliche verzinsen.

Im Nieselregen besprechen die drei die weitere Vorgehensweise, die sich jedoch nicht mehr nach einem gemeinschaftlichen Projekt anhört. Cathrin legt erneut eine Privatinsolvenz nahe, und schon bei dem Wort wird Anton übel, denn es bedeutet mehr Bürokratie, mehr Beobachtung, mehr Verwaltung und Gängelung, mehr von all dem, was er loswerden will.

«Lass es dir durch den Kopf gehen», sagt Hermann und blinzelt, «ich kann dir zur Seite stehen. Das passiert den besten Köpfen.» Sechs Jahre, dann sei es vorbei.

Anton wendet den Gedanken «Privatinsolvenz» kurz hin und her, betrachtet ihn skeptisch und weiß schnell, dass das für ihn nicht mehr in Frage kommt.

«Wir werden sehen», sagt er und setzt ein melancholisches Lächeln auf. «Wir werden schon sehen.»

Kurz hasst er die beiden, oder der Hass kann sich jetzt, wo es vorbei ist, endlich einmal Bahn brechen.

Als Cathrin ihn umarmt, mitleidig und aufmunternd, der Nieselregen hat ihren Mantel aufgeweicht, das Parfüm stinkt aufdringlicher als jeder Penneratem, zwinkert er Hermann zu. Hermann versteht nicht ganz, zwinkert aber zurück. Wahrscheinlich denkt Hermann, das Geld sei gemeint, die Gabe von zweihundert Euro am Whiskey-Abend, die, an dieser neurotischen Zollbeamtin hier vorbeigeschmuggelt, auch in der Folgezeit nie deklariert wurde. Anton aber hat ganz andere Gedanken.

Anton verspürt Zorn, den Zorn der ungerecht Behandelten, der auch ein Zorn der Gerechten ist, und er hat Rachegelüste, ganz konkrete, fiese Rachegelüste, obwohl gerade Hermann sich ihm gegenüber nie etwas hat zuschulden kommen lassen.

Vielleicht hat Anton aber auch nur Rachegelüste gegen das Leben.

Also wird er es sagen. Also wird er den Verrat begehen. Gleich wird er Cathrin und Hermann mit einem Satz in die Luft sprengen. Schon fast dabei, die Bombe platzen zu lassen, fragt er sich nur noch, ob das Wort «ficken» darin vorkommen soll oder nicht. «Ich habe sie übrigens gefickt damals», das wäre doch eine prägnante Formulierung. Er starrt Hermann lächelnd an, mit leerem Blick, und weiß, er wird die beiden jetzt zerstören, womöglich für immer. Er hat Macht, und er hat Hass, und die Schuld, sie wird einschlagen wie ein Blitz.

Die Umarmung dauert jetzt schon viel zu lange. Cathrin will sich lösen, aber Anton hält sie fest in seinem Griff. Sie kann sich nicht allzu auffällig wehren, will kein Aufhebens machen, nicht jetzt, wo fast alles gelaufen und endlich über die Bühne ist. Hermann zwinkert Anton noch einmal zu wie der Depp, der er offensichtlich ist, und Anton zwinkert hämisch zurück.

Schließlich atmet Anton tief ein und setzt zum Sprechen an, es wird nebensächlich klingen müssen, denn die größten Grausamkeiten passieren immer *en passant* – da erblickt er über Cathrins Schulter hinweg eine kleine, starke, farbenfrohe Figur, die vom Rand des Gerichtsvorplatzes zu ihnen herübersieht und raucht: Denise. Sein Gesicht hellt auf, und er löst sich aus der Umarmung und sagt erfreut: «Ah, die kenne ich.»

Cathrin und Hermann schauen überrascht hinüber zu der fremden Frau, die offensichtlich aus einer ganz anderen Schicht entstammt als sie, mit ihren scharf nachgemalten Augenbrauen, der angegrellten Schminke, dem hellblauen Lackmantel, und das Befremden ist zu spüren, das Befremden der ehemaligen Freunde angesichts der Erkenntnis, dass Anton keine gesellschaftlichen Schichten mehr kennt und in Wahrheit zu niemandem mehr gehört.

Das Angebot, ihn und Denise noch irgendwohin zu fahren, schlägt Anton aus. Er bedankt sich, und es scheint, als würde er sich nicht nur bei Cathrin und Hermann bedanken, sondern bei einem viel größeren Personenkreis, und Cathrin und Hermann wären nur die Stellvertreter für alle, mit denen Anton je zu tun hatte.

Er löst sich aus der Dreiergruppe, geht zu Denise, schüttelt ihr formell die Hand und winkt noch einmal zurück. Dann gehen Denise und Anton mit dem Glamour der würdigen Verlierer von dannen, und Cathrin und Hermann stehen da und wissen kurz nichts zu sagen oder zu denken, bis sie sich gefangen haben und das Gespräch wiederaufnehmen, auch wenn die Worte erst schal und hohl schmecken, auch wenn sich dort unten im Boden ein kleiner Abgrund aufgetan hat, den sie beiläufig ignorieren müssen.

Denise liegt flach auf dem Bauch und atmet ins Kissen. Sie haben kaum geredet auf dem Weg, er hat kurz berichtet, wie es gelaufen ist, schlecht, absehbar schlecht, und sie hat genickt und seine Hand genommen und sie sachte gedrückt, obwohl sie solche Dinge sonst kitschig findet. Sie sind die große, nasse Hauptstraße hinuntergegangen, die Autos und Laster haben gezischt und gedröhnt, und es war klar, gleich würde es geschehen, gleich würden sie miteinander schlafen. Das Einverständnis war da, es musste gar nicht mehr ausgesprochen werden, die Körper kommunizierten schon miteinander, ohne dass ein Bewusstsein sie steuern musste, und luden sich mit kleinen Berührungen und Bewegungen langsam aneinander auf.

Jetzt lassen sie sich Zeit, die Spannung auszukosten. Keine Leidenschaft soll so tun, als müsste man sich besinnungslos die Kleider vom Leib reißen und ineinander verkrallen. Anton hat Denise darum gebeten, vorher duschen zu dürfen, und sie konnte ihre Erleichterung darüber nicht ganz verbergen. Jetzt ist es mehr ein Erkunden, ein letztes, anhaltendes Kennenlernen, bei dem die Lust aufflutet und abebbt. Anton liegt auf Denise, er füllt sie aus, bewegt sich nur minimal. Ihre Hände sind ineinander verschränkt. Er will sie spüren, wie er noch niemanden gespürt hat. Sie spannt sich an, für ihn, für sich, und kommt ihm im Rhythmus leicht entgegen. Sie wechseln die Position, unter Küssen, ohne Eile. Als die Lust zwischenzeitlich wieder etwas dünner und nüchterner wird und Anton dem durch innigeres Drängen entgegenwirken will, entzieht Denise sich. «Warte», sagt sie. «Ich muss dir etwas zeigen.»

«Was», sagt Anton, «was soll das denn? Mittendrin?»

«Wir sind doch noch ganz am Anfang», sagt Denise. «Warte kurz.»

Nackt sitzen sie vor dem Computer. Vor ihnen hat sich die Pornoseite mit leichter Verzögerung aufgebaut, und Denise gibt ihr Pseudonym in die Suchmaske ein. Anton fragt amüsiert, ob sie fürchtet, dass sie ihm nicht ausreiche, oder er ihr, oder ob sie erst mit Pornos in Stimmung komme, oder was da los sei. Sie bedeutet ihm zu schweigen. Schon sind die Thumbnails da, und Denise lehnt sich zurück. Anton rückt näher heran, studiert die winzigen Vorschauen und sagt: «Das glaube ich nicht.»

«Ich eigentlich auch nicht», grinst Denise und klickt das erste Video an.

Es läuft alles ab wie üblich, während Anton klar wird, wie lange er eigentlich schon keinen Porno mehr gesehen hat. Die flachen Einstiegsdialoge, das schnelle Aufgeilen, dargebracht wie gegenseitige Dienstleistungen, das Hochpumpen und Nassmachen, alles spult sich fast im Zeitraffer ab, stumpf und dimensionslos, wie immer. Aber die Frau, die sich dort freimacht, mit ihren Brüsten lockt, das Stück Fleisch vor ihr nach allen Gesetzen der Hydraulik stimuliert, sie ist ihm bekannt, sie sitzt neben ihm, was einen seltsamen Effekt der Verschiebung zur Folge hat, denn kurz ist das Video so wirklich wie die Frau neben ihm, oder die Frau neben ihm so unwirklich wie das Video. Alles passiert in einem Zwischenraum, der sich zwischen den beiden identischen Figuren aufgetan hat und der Anton nicht zugänglich ist. Gleichzeitig macht es ihn auf nüchterne Art geil, und wie im Reflex greift er nach ihrer Brust, vielleicht, um die Schauplätze zusammenzuführen. Sie lässt es zu.

«Sieht doch ganz geil aus», sagt er.

«Findest du», sagt sie.

«Du bist mir real lieber, aber das hier ist auch nicht schlecht.»

Sie streichelt seinen Nacken.

«Ich habe ganz schöne Zustände deshalb. Hatte. Ich kam mir völlig beobachtet vor. Überall nur Pornoaugen.»

«Alle kennen dich, was.»

«Ja.»

«Kenne ich.»

«Ja?»

«Und wenn. Ich finde es nicht schlimm.»

«Lügst du jetzt?»

«Ich glaube nicht. Es macht mich sogar an.»

Ihre Hand wandert nach unten. Auf dem Bildschirm sind sie schon dabei, gerade ist er eingedrungen, ein schwul aussehender Muskelprotz mit Glatze, der die Zähne fletscht.

Sie küssen sich. Dann sehen sie sich weiter das Video an

und streicheln sich dabei. Anton greift ihr zwischen die Beine. Sie ist bereit und setzt sich auf ihn. Ihre Blicke werden zu einem Blick. «Jetzt fick mich», sagt Denise, und Anton fängt an, von unten zuzustoßen.

✱

Sie duschen miteinander. Anton kommt es vor, als würde das heiße Wasser mit dem Schweiß auch die Demütigungen der letzten Tage wegspülen, für ein paar Momente, es soll heiß sein, noch heißer, noch stärker, der Strahl soll ihm weh tun, und Denise schrubbt ihn ab, wäscht ihn wie ein Kind, reinigt ihn wie vor einer Opferung, älteste Riten. Auch er wäscht sie, zaghafter, unsicherer. Eigentlich sind es Liebkosungen, und sie reden kein Wort.

Die Kaffeemaschine gurgelt und stöhnt, dampft den Küchenoberschrank lauthals an und zischt am Ende verächtlich in Richtung Tisch, wo Denise und Anton sitzen, sauber und nackt und trocken. Denise serviert zweimal schwarz, wirft den vollen Filter in den Mülleimer und setzt sich ihm gegenüber. Sie rührt den Kaffee um und blickt ihn an.

«Du musst jetzt bald gehen», sagt sie sanft.
«Ja, ich weiß», sagt Anton, «es wird Zeit langsam.»
«Linda wird gleich gebracht. Und für sie ist das hier», Denise macht eine Geste, die die ganze Situation meint, «noch zu früh.»
«Verstehe ich. Und ich muss meine Geschäfte regeln.»
«Deine Geschäfte.»
«Ja. Meine Sachen. Die Insolvenz.»

«Ich wünschte, ich könnte dir helfen.»

«Das kann keiner. Und ich würde es nicht annehmen wollen.»

«Trotzdem.»

«Es ist nicht so schlimm. Ich mach das schon.»

Als Anton sich anzieht, checkt Denise kurz ihren Kontostand. Sie glaubt es kaum. Das Geld ist da. Das Pornogeld. Dreitausendzweihundert Euro. Sie springt auf, will die Welt und Anton umarmen. Das Selbstverständlichste kann sich wie ein Wunder anfühlen. Ihr Herz schlägt schnell und freudig, sie errötet und grinst.

Alles kann, nein, alles muss und wird sich lösen jetzt. Sie wird Anton helfen können, sie wird ihn mit dieser lächerlichen Ablösesumme einfach aus dieser sinnlos ratternden Maschine herauskaufen, die ihm das Genick bricht und ihm nur Geld und mehr Geld abpresst, das er nicht hat, Gebühren und Zinsen und Kosten, die hiermit, Beschluss, abgewehrt und Vergangenheit sind. Geld kann Sinn machen. Geld macht Sinn. Und alle Dunkelziffern sind erledigt.

Dann hält sie inne. Was denkt sie denn da? Ist sie noch bei Trost? Die Freude ist sofort vorüber, die Sinne machen zu.

«Was ist?», fragt Anton.

«Nichts.»

«Nichts?»

«Ich habe nur eine Mail bekommen. Es ist – Linda bekommt ihren Inklusionsstatus.»

«Und das ist gut?»

«Das ist sehr gut.»

«Ein Grund zur Freude. Immerhin.»

«Ja.»

«Das feiern wir ein andermal.»

«Ja.»

«Wenn du willst.»

«Klar will ich.»

Sie steht nackt vor ihm, der sich halb angezogen hat, und schämt sich plötzlich für ihre Nacktheit, für die Inkongruenz der ganzen Situation. Sie wird wieder rot, diesmal mit Schrecken, und bedeckt ihre Brüste, indem sie die Arme verschränkt.

«Moment», sagt sie dann, rennt ins Bad und zieht den Bademantel aus der dreckigen Wäsche, wirft ihn sich über, eilt halb bedeckt zurück in die Küche. Anton steht dort nun völlig angekleidet und trinkt den letzten Schluck Kaffee.

«Es ist gut, wenn etwas klappt», sagt er. «Das braucht man manchmal.»

Er blickt aus dem Fenster, wie im Film, wenn jemand in die Ferne blickt und etwas Weises sagt, denkt sie. Die Zigarette, die er sich angesteckt hat, passt zu dieser Attitüde, die vielleicht nur seine Ratlosigkeit verbergen will.

Dabei ist sie selbst ratlos und weiß nichts zu sagen. Wie töricht und unvorsichtig von ihr, das alles. Nein, es wäre zu früh, ihm von dem Geld zu erzählen. Vielleicht wird es immer zu früh sein, oder, ab jetzt, immer zu spät. Die Gewissheit verhärtet sich in Sekunden: Sie wird ihm nie davon erzählen. Es ist alles ihres, und sie hat verdammtnochmal gelitten dafür. Er wird das anders regeln können, regeln müssen. Ihre Brust wird enger. Sie kommt sich wieder beobachtet vor, diesmal von weit höherer Instanz.

«Es war sehr schön», sagt sie schließlich.

«Ja, das finde ich auch», sagt Anton und wendet sich ihr zu. Sie küssen sich noch einmal, erst sachte, dann gierig, dann zärtlich. Dann wird der Kuss alt, und sie lassen ab voneinander.

«Mach das mit der Insolvenz», sagt Denise. «Und meld dich.»

«Ja, das mache ich», sagt Anton und lächelt sein undurchdringliches Lächeln. «Morgen?»

«Heute am besten noch.»

«Was heute: die Insolvenz oder das Melden?»

«Beides. Aber melden nie vergessen.»

«Ja. Beides. Schließlich wollen wir ja auch eine Zukunft haben. Oder?»

Sie muss lachen und küsst ihn noch einmal. Seine Lippen fühlen sich jetzt spröde und rau an wie Schmirgelpapier.

Er geht. Fast denkt sie: endlich. Als sie die Tür schließt, horcht sie noch seinen Schritten hinterher, vier Treppen lang, bis er unten angekommen ist.

Dann checkt sie noch einmal ihren Kontostand. Erneut durchfährt die Freude sie, aber flacher, kälter, abgebrühter. Sie kuschelt sich in den Morgenmantel ein und friert dennoch.

Eine Zukunft. Ja.

Oder?

SIEBTES KAPITEL

Sie sitzen auf zu hohen Stühlen am Fenster und warten. Denise hat die Bestellung aufgegeben, wieder hat ihr Englisch ausgereicht, und sie hat diesmal sogar darauf geachtet, «Pizza» mit langem i auszusprechen, so wie die Amerikaner es eben tun. Linda hat eine alberne, knallrote Sonnenbrille auf. Sie ruckelt auf ihrem Stuhl herum und droht jede Sekunde umzufallen. Denise lässt sie, und Linda fällt nicht.

Denise hat keine Mülltonne gesehen, an der sich irgendwelche Penner die Hände wärmen würden, und die Models, wenn es denn wirklich welche sind, sehen alle wenig glamourös aus. Es gibt hier keine Candymen, und die Hoteldiener grüßen auch nicht anders als sonst wo. Die Lichter brausen abends zwar bunt auf wie ein irres Lauffeuer, am Times Square, am Broadway, aber es kommt Denise vor, als hätte sie das in ihrem Leben schon tausendmal gesehen. Und Linda ist längst nicht mehr beeindruckt. Kinder nehmen das Gegebene eben schnell als das hin, was es ist: gegeben.

Dies muss die Pizzeria sein. Die, von der Anton erzählt hat. Der Boulevard führt hinunter zur Columbia University, und die Pizzen hier sehen maximal dünn und vom Durchmesser her riesig aus. Und haben kaum Belag. Genau, wie Anton sie beschrieben hat. Alle anderen Pizzen hier sind dicke, fettige Keile. Diese nicht. Das muss die Pizzeria sein.

Seit dem Tag der Verhandlung hat Denise Anton nicht mehr gesehen, nichts mehr von ihm gehört. Zunächst wollte sie verärgert sein. Nach drei Tagen dachte sie aber, nein, er spielt nicht mit ihr, im Rahmen eines undefinierten, launischen Date-Spiels, wie es so viele machen, er hat sich bloß wieder irgendwo verheddert, hat kein Handy, kein Guthaben, keinen Internetzugang. Wenn sie ihn anrief, ging wieder nur die Mailbox dran.

Nach einer Woche begann sie, sich Sorgen zu machen, klopfte die letzten Gespräche, die Reste, an die sie sich erinnern konnte, auf Abschiedshinweise ab. Sie wusste nicht einmal den Namen der beiden Anwälte, die ihn vor dem Gericht begleitet hatten, es schienen Freunde zu sein. Sie wusste letztendlich nichts. Nach zwei Wochen dachte sie seltener an ihn. Er war aufgetaucht und wieder weggesunken, wie manche vor ihm, kein Einzelfall. Und doch, der Leergutautomat kam ihr seltsam unbesucht vor. Und wenn ihre Gedanken um ihn kreisten, dann wie ein Wirbel.

Nach einem Monat dachte sie erstmals gar nicht mehr an ihn, und wenn, dann hegte sie einen kurzen Groll. Wie hatte sie sich überhaupt auf einen Penner einlassen können? Was war das für ein bescheuerter Mutterinstinkt? Und wieso versagte er so oft bei Linda?

Ein Vierteljahr später hatte sie sich verliebt, in einen Barkeeper aus einer neu eröffneten Kneipe. Dort trank sie viel und benahm sich daneben. Die Affäre hielt zwei Monate und endete mit einem Hausverbot. Ein halbes Jahr später gab es keine Gedanken an Anton mehr. Von dem restlichen Pornogeld buchte sie die Reise nach New York und lebte weiter wie bisher. Linda schloss langsam zu ihren Altersgenossen auf. Sie schien gar keine Probleme mehr zu haben. Es wuchs sich einfach aus.

Ein Jahr nach der Bekanntschaft mit Anton sitzt sie nun hier in diesem «Diner» und wartet auf die Pizzen. New York ist nicht so, wie Denise es sich vorgestellt hat, aber wieso sollte gerade New York die Ausnahme von der Regel sein? Sie ist durch die Straßen gewandert, mit Linda an der Hand, Wolkenkratzer überall, weite Boulevards, der Central Park, die Museen, in die sie sich nicht traute. Imposant, aber ohne Geheimnis, ohne den Märchencharakter, den sie dieser Stadt immer zugeschrieben hatte. Linda ist so unkompliziert wie nie, fast schon wieder autistisch in ihrem kleinen Kinderglück. Denise redet nicht viel mit den Leuten, sie schämt sich für ihr schlechtes Englisch, schämt sich auch dafür, eine Touristin zu sein, eine ehemalige Pornodarstellerin, wie ihr manchmal einfällt, mit ihrer kleinen Tochter umso verlorener, je mehr sie sich schämt. Übermorgen fliegt sie nach Hause, dann ist auch dieses Erlebnis abgeheftet, und sie kann vor den anderen wenigstens damit prahlen, in New York gewesen zu sein. Vielleicht wird sie begeistert tun, wird sich Geschichten ausdenken, ein paar aufregende Anekdoten. Oder sie wird es nur beiläufig erwähnen, wo es passt, und mit abgebrühter Nüchternheit sagen, es sei halt eine Stadt wie jede andere, nur lauter und hysterischer. Und einen der wenigen Ausdrücke aufsagen, die sie hier gelernt hat: *been there, done that*. Oder, mit Anton: Leben ist überall nur Leben.

Der Gedanke an Anton kam ihr wieder im Flugzeug, auf dem Hinflug, als sie versuchte, vor den Stewardessen zu verbergen, wie ungewöhnlich das Fliegen für sie ist, und gerade deshalb einen Tomatensaft bestellte, mit dem ironischen Zwinkern der Bescheidwisser, die das Klischee wählen, um ihm vermeintlich zu entgehen.

Das kam ihr wie eine Aktion von Anton vor, und sie musste unvermittelt an ihn denken und erschrak.

Sie wusste plötzlich mit einer Gewissheit, die sie so nicht kannte, dass er tot ist, und sah ihn in Blitzbildern hängend am Strick, in der Badewanne verblutet, vom Zug zerfetzt. Sie verscheuchte den Gedanken wieder, umstellte ihn mit Zweifeln, aber er wollte sich nicht beugen. Dann wappnete sie sich mit Gleichgültigkeit, während ein Film mit Ashton Kutcher begann. Anton ist also tot? *Und wenn*, dachte sie. Sie hätte sich fast nicht mehr an seinen Namen erinnert. Außerdem gibt es keine Gewissheit. Alles nur Gespenster im Kopf.

Die Pizzen sind da, es sind labbrige Monster mit etwas Tomatensaft, Cheddar Cheese und Oregano drauf, aber Linda mag sie sofort. Denise hat eigentlich keinen rechten Hunger und kaut lustlos auf einem Pizzastück herum, bis sie nur noch Mehl schmeckt. Linda redet über die Sachen, die ihr vom Tag haftengeblieben sind, die tanzenden Plüschhunde in einem Schaufenster, der freundliche Polizist, der ihr zuzwinkerte und Quatsch redete, der Seifenblasenmann mit den riesigen Seifenblasen.

Während Linda so vor sich hin redet, in ihre Pizza hinein, wird Denise bewusst, dass ihre Tochter immer nur Monologe hält, die an niemanden gerichtet sind. Sie hat keinen echten Adressaten, sie brabbelt einfach so vor sich hin, wohl, weil sie es gewohnt ist, dass Denise ihr nie zuhört. Sie beschäftigt sich einfach mit den Worten, redet in einen leeren Raum hinein, und es macht kaum einen Unterschied, ob sie gerade zu ihrer Mutter, zu einem amerikanischen Polizisten oder zu einer der Puppen spricht, die sie so gerne frisiert.

Denise muss schlucken und kämpft plötzlich mit den Trä-

nen. Sie wendet den Blick ab und starrt nach draußen. Die
Leute gehen ihrer Wege, schneller als in Deutschland, die
meisten alleine wie Denise. Die, die in Gruppen gehen, lachen und reden und sehen gut aus. Der Boulevard ist prall-
voll mit Leuten, die sie gar nicht «Leute» nennen will, weil
sich das so deutsch und gewöhnlich anhört, es sind Menschen, fremde, lebendige Menschen, und Denise kommt
sich im Vergleich zu ihnen wie halbtot vor, vor der falschen
Pizza im falschen Diner, als falsche Mutter des falschen Kindes in der falschen Stadt. Ihr Blick verschwimmt, und sie
nimmt eine Serviette aus dem Halter, um sich die Nase
zu putzen und eine Träne aufzuhalten, bevor diese ihr das
Make-up ruiniert.

Der Menschenstrom reißt nicht ab, wird größer, dichter,
behäbiger. Es scheint Stoßzeit zu sein, und ihre Augen sind
feucht, verwischen die Masse an Menschen zu einem di-
cken Pinselstrich. Linda redet noch immer. Denise hört das
irgendwo im Hintergrund ihres Bewusstseins, ohne es in
Sinneinheiten zerlegen zu können. Die Menschen draußen
beschleunigen den Schritt, und nachdem Denise ihre Augen
nochmals abgetupft hat, löst sich der Strom wieder in einzelne Personen auf.

Als Denise meint, dass sie sich gefangen hat, und sich jetzt
endlich ihrer Tochter zuwenden möchte, um vielleicht eine
bedeutungslose Zwischenfrage zu stellen, um Anteilnahme
wenigstens vorzutäuschen, fällt ihr ein Mann auf, der inmit
ten der vorbeigehenden Passanten stehen geblieben ist. Er ist
etwa fünfzig Meter entfernt, trägt einen grauen Anzug und
starrt, so scheint es, herüber.

Denise erschrickt.

Sie erkennt sein Gesicht nicht genau, obwohl es zu lächeln

scheint, aber die leicht gebeugte Körperhaltung, die auch über die Distanz hinweg deutlich wahrnehmbare, schräge Erscheinung, die eckigen Glieder, die Größe, der Anzug, die Haare, all diese Details legen nur einen Schluss nahe: Dort steht Anton. Anton lebt, und er steht dort, mitten in New York.

Ein Ruck durchfährt sie, sie will aufspringen und hinausrennen. Aber sie bleibt wie festgeleimt auf diesem viel zu hohen Barhocker sitzen und starrt zurück. Vielleicht, um es nicht aufzulösen, nicht zu zerstören. Um es wahrzumachen.

Anton, oder wer auch immer es ist, der dort steht, sieht sie noch immer an, sie, genau sie. Er ist es, mit seinem Anzug, mit seinem Lächeln. Er winkt nicht, gibt ihr kein Zeichen, sondern steht nur dort und blickt sie an, im Sonnenlicht, nah an der Schattengrenze. Denise nickt, und Anton nickt auch. Beide lächeln. Dann geht er weiter, zwei, drei Schritte, verschwindet hinter einer Touristengruppe und taucht nicht wieder auf.

Denise fröstelt.

Als sie zahlt, gibt sie mehr Trinkgeld, als üblich ist, und die Kellnerin bedankt sich erst gespielt überschwänglich und hält dann kurz inne. Sie sieht die Gelöstheit in dem Gesicht der Kundin, das Glück, das sie ausstrahlt. «You have a good day», sagt sie verschwörerisch und ist von der stillen Freude, die von Denise ausgeht, kurz angerührt.

Die blickt weiterhin nach draußen, hält diesen Augenblick fest, so lange es geht. Die Leute, die sie nicht Leute nennen will, gehen weiter vorbei, aber sie scheinen sie jetzt anzusehen. Ob sie weint?

Linda redet noch immer ins Leere, als sie aufstehen und

gehen, aber die Worte setzen sich nach und nach wieder zu einem Sinn zusammen. Es sind noch immer der Polizist und der Park und die Ballons, die ihre Tochter beschäftigen, es ist ein Gebrabbel, doch Denise kann die Melodie darin wieder wahrnehmen, dem Inhalt folgen. Es ist wie ein Kinderlied, das sie lange vergessen hatte.

Als sie den Diner verlassen, atmet Denise tief ein und aus. Die Luft schmeckt frisch und neu. Sie hebt ihre Tochter hoch, trägt sie durch die Straßen und wird sie bis zum Hotel nicht mehr loslassen. Die Gesichter ziehen vorbei, alte, falten-gekerbte Masken der Weisheit neben jungen, großäugigen Visagen. Sie blicken ihr alle in die Augen, doch ohne Häme diesmal, ohne Widerwillen, ohne den Drang, die Fehler in Denise zu suchen. So wurde sie lange nicht mehr angeblickt. Und sie scheint wirklich gemeint zu sein. Die Leute lächeln ihr freundlich zu, und Denise lächelt befreit zurück. Das ist also New York. Das ist also die Welt, denkt sie.

Lange nicht mehr gesehen.